鬼《き》皇《おう》の秘め若

芹沢政信

講談社
タイガ

目次

カバーイラスト――七原しぇ
カバーデザイン――長﨑　綾（next door design）

鬼皇《きおう》の秘め若

プロローグ

「滑稽《こっけい》に見えるだろうな。今の俺は」

「むしろ誇らしく感じていますよ。純粋であるからこそ、あなたは強い」

男はむっつりと黙りこむ。

育ての親はそういうが、ほかの隊士たちが知ったらどんな顔をするだろう。最強の鬼皇《きおう》として恐れられているこの俺が、鏡に映しだされた人間の娘に見惚《みと》れている。律しようとしても心が沸きたち、ときが経《た》つのも忘れて眺《なが》めてしまう。総長としての立場すら忘れ、ありのままの感情をさらけだしてしまうのだ。

目の前にあるのは、予知の力によって示された未来。

輪郭《りんかく》はおぼろげで、うっすらと靄《もや》に包まれているようだが、目を凝《こ》らしてみれば揃《そろ》いの着物姿で手を取りあっているのがわかる。

――幽世《かくりよ》の支配者となった自分の姿。

――その傍《かたわ》らには、可憐《かれん》な少女が眩《まぶ》しそうに微笑《ほほえ》んでいる。

この光景を最初に目にしたのは、貧民街で拾われたばかりのころだ。当時はまだ十の齢《よわい》にも満たなかったから、鏡に映る少女はずいぶんと大人びて見えた。千年のときが過ぎた今となっては、むしろ真逆の印象に変わってしまっている。

だが、想《おも》いの強さは褪《あ》せていない。

それどころかより鮮明に、身体《からだ》の芯《しん》まで染めあがるほど深い色になっている。

自分が生まれてきた意味があるとすれば、この娘に出会うためだろう。

幽世の王となることも。世界に変革をもたらすことも。

すべては一筋の『未来』に繋《つな》がっている。

お前を泣かせる者がいれば、ただちにその身を焼きつくしてやろう。

お前を喜ばせるためならば、愚かな道化を演じてみせよう。

だから早く聞かせてくれ。お前の声を、言葉を。

そして笑ってくれ。俺のために。


千年先にいるお前を幸せにしたくて。

ずっとずっと、待ち焦《まこ》がれてきたのだから。

一章　出立

1

双子は古来忌《い》み嫌《きら》われている。魂の力が分散し、片方がもう片方の命を蝕《むしば》んでしまうと言われているからだ。迷信深い陰陽師《おんみょうじ》の家系においては性別が同じであれば弱いほうを、異なるのであれば女子のほうを間引くのが習わしだ。

しかし今は霊和《れいわ》××年。科学の力で人が空を飛ぶ時代である。妖術《ようじゅつ》のたぐいがいまだ健在であろうとも、子殺しの罪が許されるはずもない。

ゆえに花柳院《かりゅういん》家の双子は両方とも生き残った。しかし現当主の龍之介《りゅうのすけ》は、娘の彼方《かなた》を見るたびにこう呟《つぶや》くのだった。

「——やはりあのとき、お前を殺しておくべきだった」

◇

世界の中心にいるのは、いつだって永遠《とわ》のほう。

彼方は幼《おさな》いころからずっと、日陰《ひかげ》から兄の背中を眺めていた。

『永遠様は跡継ぎとして申し分のない器だな。六歳になったばかりだというのにあの落ち着きよう。今朝だって誰よりも早く起きて修行をはじめていたぞ』

『聡明《そうめい》であるから要領もいい。なにより失敗を恐れぬ胆力がある。幼いうちから腕が立つと普通は図に乗るものだが、門下である我々に対しても礼儀正しいしな。厳しく手ほどきせよと龍之介様から言われているが……サボらせるくらいでないとすぐに追い抜かれてしまうぞ』

『いやはや、末恐ろしいかぎり。惜しむらくは双子に生まれたことだな。あれでもっと身体が丈夫であったなら……花柳院家の次期当主としてのみならず、歴史に名を残す傑物になることも夢ではなかったというのに』

門下の陰陽師たちは揃って振り返り、日陰にいる彼方を睨《にら》みつける。

──忌《い》み子《ご》は近づくな。次期当主様の魂が穢《けが》されてしまう。

幼い少女であっても察せられるほど、彼らの視線は敵意と侮蔑《ぶべつ》に満ちていた。

もちろんただの迷信だ。ほかでもない兄がそう言っている。

その日だってひとりで泣いていると、修行を終えた永遠が寄ってきて。

逃げようとする彼方の手を握りしめて、優しく勇気づけてくれた。

「外の世界を見てみなよ。芸能人、スポーツ選手、研究者……双子に生まれて名をあげた人間なんて珍しくない。同じように、生まれつき病気がちな子どもだってね。今から鍛《きた》えていれば大人になるころには身体も丈夫になるだろうし、君が見守ってくれているおかげで頑張れるところもあるからさ。だからほら、泣かないで」

兄の手はいつも温かかった。

だから、信じていられたのかもしれない。

永遠が認めてくれるなら、ほかのみんなに嫌われたって構うものか。

そうやって開き直れるだけの強さが、幼いころの彼方にはあったのだ。

なら……自分がこんなに弱くなってしまったのはいつからだろう？

歳《とし》を経《へ》ても兄の身体は一向によくならず、むしろ将来を嘱望される陰陽師として、命を削るような無茶ばかりするようになってからだろうか。

それともずっと前、母親が病《やまい》であっさりとこの世を去ってからだろうか。

実の娘ながら薄情なものだが、今となっては母親の顔を思いだすことすら難しい。

妖力《ようりょく》が強いというだけで連れてこられた分家の娘で、当主である龍之介にとっては子をなすための道具でしかなかった。永遠と同じように身体が弱く、夫の顔色をうかがいながら生きているだけ。幼い彼方があしざまに罵《のの》しられても、庇《かば》うどころか自分に矛先が向かないようじっと黙っているようなひとだった。ただそれでも、親として最低限の世話はしてくれていたように思う。

母亡きあとに龍之介が娶《めと》った後妻は、彼方を育てようという気持ちすらなかった。連れてこられて早々に屋敷《やしき》の中央に陣取ると、当時まだ八歳だった彼方を離れの小屋に追いやってしまったのだ。

陰気で愛想《あいそう》が悪く、忌み子だから他家に嫁《とつ》がせることも難しい。取り柄といえば木から落ちても野良犬に襲われても怪我《けが》ひとつしない丈夫さだけ。ならば日雇いの家政婦に世話を任せておけば十分だろう。それが後妻の言い分だった。

優しい兄はその所業に異を唱えた。みなの面前で「由緒ある家柄《いえがら》にあるまじき非道」とまで言い放ったという。しかし味方するものは誰もなかった。

後妻がその後すぐに子を産むと、彼方の立場はいっそう悪くなった。娘であったため跡継ぎ候補にはならなかったが明るくて器量がよく、またたくまに『花柳院家の妹君』のイメージを定着させてしまった。名は一文字違いで日向《ひなた》。龍之介が当てつけのように付けたのである。

数年経ってからはじめて顔を合わせたとき、愛情をたっぷり与えられて育った腹違いの妹は、名に違《たが》わず日向のような笑顔を浮かべていた。

そして埃《ほこり》まみれの小屋で暮らす彼方を見て、こう言ったのだ。

「──お姉ちゃんてさ、生きている価値あるの？」


同じことを何度も言われていると、じきに痛みを感じなくなってしまう。そして塵《ちり》が積もるように、心の奥底からじわじわと『諦《あきら》め』が広がっていく。

彼方はまず友だちを作ることを諦めた。

花柳院家の血筋でありながら、なかば捨てられたような彼女は嘲笑《ちょうしょう》の的だった。陰湿な嫌がらせに屈したくない。そう思い仕返しをすれば「花柳院家の恥さらしめ」と父親になじられる。後妻は「女は黙って耐えるもの。キャンキャン吠《ほ》えるなんて前の奥様の躾《しつけ》がよっぽど悪かったのね」と、嫌味たらしく笑うのだった。

次に学校へ行くことを諦めた。

教師に腫《は》れ物《もの》のように扱われてまで受けたい授業はなかったし、生きていくために必要な勉強は独学でこと足りた。兄の『式』となったあやかしたちは例外的に親切で、人間以外に教わるほうがよっぽどやりやすかったというのもある。

何度、死のうと考えたことか。

自分の命が潰《つい》えれば、生まれたときに奪ってしまった魂の力は兄のところに戻っていき、あの優しいひとが今より健《すこ》やかになってくれるのではないか。

根拠のない理屈だ。そんなことはわかっていた。生きている価値がないから死ねば価値が生まれるかもしれないと淡い期待を抱いて――この世界のすべてから逃げだしたいだけである。

結局、なにもしないのが一番かもしれない。

いったんそう決めてしまうと、心はだいぶ軽くなった。

◇

「さて、今日も地道に頑張りますか……」

彼方は冬の寒さに身震いしながら呟く。

明けがたとあって神社の境内《けいだい》にひとけはなく、裏手の雑木林にいたっては不気味なほど静まりかえっている。霜がおりた地面は踏みしめるたびにパキパキと乾いた音が響き、自分と外の世界が切り離されていくのをいっそう感じさせた。

せめてもうちょい明るくなってから鍛錬をはじめるべきなのだが、年端《としは》もいかぬ小娘が木刀片手にうろうろしている姿はかなり目立つ。非行少女と疑われても言い逃れできないし、学校にすら行かずひたすら剣の腕を磨《みが》いている自分が世間的には変人という認識はあった。

彼方はため息を吐《つ》き、目をつぶる。

直後、木刀を一閃《いっせん》。

ひらひらと舞い落ちてきた木の葉が真っ二つに割れる。

まだ花柳院家にいたころ。指南役のひとにわがままをいって兄といっしょに練習させてもらったとき、構えがいいと褒められたから。そんな些細《ささい》な成功体験だけを糧《かて》に剣の腕を磨いてきた。あとで父にこっぴどく叱《しか》られ、木刀を持つことを禁じられたあとも。隠れてコソコソと、意地になって、ひたすらに。

マメが潰《つぶ》れて手のひらが血まみれになっても気にせず振り続けていたから、指先はずいぶんと硬くなり、持久力とか忍耐力も身についた。といっても努力なんて綺麗《きれい》なものじゃない。もっとうしろ向きで、みっともない動機だ。

泣きわめくよりは気分が晴れるから。

神様に祈るよりは前向きになれるから。

だから気を抜くとふつふつと暗い感情が湧《わ》いてきて、衝動的になにかを壊したくなってくる。闇雲《やみくも》に木刀を振るうのは内に溜《た》めこんだものを発散したいだけかもしれなくて、ああ、やっぱり私は忌み子なのだなと痛感してしまう。

ひとり静かに、木刀を振るう。

なのに気分は晴れないし前向きにもなれなくて。

そろそろ限界が近いのだなと、他人事《ひとごと》のように考える。


神社の境内から戻ってくると、家の中は外よりも肌寒く感じられた。

隙間風《すきまかぜ》の通り道をふさごうかと考えるも、昨日屋根に登って雨漏りの修理をしたばかりなのでやる気が起きなかった。

いつ崩れてもおかしくないオンボロ小屋に追いやられて早八年。日雇いの家政婦はとうに来なくなった。実家から仕送りがあるため死ぬことはないものの、そのほとんどが兄がこっそり振りこんだお金なのは知っている。だからなるべく節約したいし、今日も家庭菜園の大根で飢えをしのぐほかないだろうか。

そう思い庭に出ようとしたところで、背後から気配を感じた。

「主《あるじ》から渡せと頼まれていた本だ。ここに置いておくぞ」

幼い少年の声。しかし振り返ると、狼《おおかみ》の顔がこちらを見つめている。

兄が従える式。名をクロという。

影に潜む力を持つ、忍び装束をまとった狗族《いぬぞく》のあやかしだ。

姿こそモフモフで愛らしいが、先々代のころより花柳院家に仕えていると聞く。

「現世《うつしょ》ではなく、幽世で出版された小説ですか。巷《ちまた》では手に入りづらいですし、どれも買い逃した作品ばかり。お兄様はどうして私の欲しいものがわかるのでしょうか」

「お前のことは余すところなく報告しろと言われているからな。昨日の食事の内容から何回あくびをしたかにいたるまで。はっきり言って気色悪いレベルだ」

「……ほかに集中すべきことがあるでしょうに。相変わらずですね」

しかし気持ちはわかる。次期当主として期待されている永遠は、自分とは違った意味で孤独なのだ。本当は優しくて争いを好まない性格なのに、厳しい規範の中に身を置き、配下のものたちに対しては常に気を張っている。昔から本音で話せる相手といえば彼方くらいなもの。

永遠を支えたい。幼いころはそう願っていた。ただ時代錯誤の規範に縛られた花柳院家において、女の身で表舞台に立つのは御法度《ごはっと》である。後妻に追いだされた今では会話はおろか近づくことさえ難しい。離れの小屋から屋敷まで歩いて十分ほど。しかし兄との距離は年を追うごとにどんどん遠くなっている。

「人の世とは理不尽なものだな。双子の妹に生まれただけで忌み子と呼ばれ、こんなところに追いやられて生きるしかないとは。主にお前ほどの力があれば――」

クロは失言に気づいて口をつぐむ。妖力を感知するすべに優れたあやかしだからわかるのだろう。もはや自分の取り柄は身体が丈夫なだけではない。皮肉なことに離れの小屋で暮らすようになってまもなく陰陽師としての資質が芽生《めば》え、今では兄はもとより現当主の龍之介をもはるかに凌《しの》ぐほどである。だが当の彼方は身の内から溢《あふ》れる妖力を必死に抑え、離れの小屋に引きこもることで隠そうとしていた。

忌み子でありながら、実は誰よりも優秀であると知られたら……今よりはるかに風当たりは強くなるはずだ。生まれたときに定められた立場がすべてなのだから、下手に出しゃばれば生意気だと叩《たた》かれるだけ。状況がよくなるどころか病弱な兄が貶《おとし》められ、父親の憎しみはいっそう増してしまうだろう。

だから結局なにもしないのが一番だ。最初からすべてを諦めてしまえば、心穏《おだ》やかに過ごすことができる。それに、読書以外の楽しみがないわけでもない。

「主が百鬼夜廻組《ひゃっきよまわりぐみ》に配属されることが決まった。現世の人間が抜擢《ばってき》されたのは史上初。十六歳というのも歴代の隊士としては最年少になるらしい」

「本当ですか？　大躍進ですね」

思わず声がうわずり、乙女のごとく小躍りしそうになった。

百鬼夜廻組といえば、幽世の首都である万魔京《ばんまきょう》の治安維持を担う最強のエリート集団だ。隊士と呼ばれる組員たちはときに邪神や厄災といった伝説級の存在を討滅し、世界規模の破壊を未然に防いでいるという。人の世すら飛び越え――あやかしの世界でその才能を認められたのなら、花柳院家の地位は盤石のものとなるはずだ。永遠の出世スピードには舌を巻くほかない。

同じ血を分けた双子の兄を応援することが、日の当たらない世界にいる彼方にとっては唯一の生きがいである。今どきの言葉でいうなら『推し』といったところか。そう思いつつ、傍らに置かれた小説を取る。

幽世においても百鬼夜廻組の人気はすさまじく、これまでに読んだ本の中でもヒーローのごとく語られていた。とくにリーダーの『黒楼《コクロウ》』はあやかしの王である炎魔大帝《エンマタイテイ》の子のひとりであり、鬼皇の二つ名とともに生きる伝説として扱われている。永遠がそんな傑物と肩を並べて仕事をする日が来るというのは、まさに夢物語のような話であった。

が、クロの表情は浮かない。

「遠くないうちに出立する。今生の別れになるだろうから、クソ親に無理を言ってでも主のところに行って顔を見せてやれ」

「待ってください。そんなに長いお勤めになるのですか？　ひと昔前ならともかく、今なら現世と幽世を行き来することなんてわけないでしょうに」

言ったあとでハッとした。

クロの沈痛な表情は、距離の問題ではないことを雄弁に語っている。

永遠は間違いなく天才だ。今でこそ単純な妖力の桁《けた》は彼方に軍配があがるものの、長年にわたり磨いてきた技術や知識の差によって陰陽師としての力量は圧倒的に兄のほうが勝っている。だが力を使うたびに寝こんでしまうような身体で、あやかしの世界での激務に耐えられるはずがない。それどころか、

「お前にだけは伝えておこう。前からだいぶ悪い。本来なら療養に徹すべき状態なのだ。今のままでも保《も》って二年。百鬼夜廻組に配属されれば余命はさらに短くなる」

「そ、そんな……」

「今回の件は炎魔大帝様が直々に命じたことだ。断れば先方のメンツを潰すことになり、花柳院家の立場すら危うくなる。たとえ命の灯火《ともしび》が消えようとも、責任感の強いお前の兄が務めを投げだすことはないだろう」

ありえない。

命を犠牲にしてまで、果たすべき責務なんてないはずだ。

ましてや兄の優しさにつけいることしか考えていない連中のせいで、ひたむきに努力した先にあるはずの明るい未来が奪われてしまうのなら——自分はいったいなんのために、こんな暗くて狭いところで耐え忍んでいるのだろう。

怒りのあまり立ちあがる彼方に向けて、クロは言った。

「諦めろ。お前にできることはなにもない」

何度も告げられてきた言葉。

冬の寒さのように、じわじわと心を蝕んできた理屈。

だけどこの痛みに慣れることは、絶対にないはずだ。

2

今でこそ国内で五本の指に入る名家と称される花柳院家だが、その成り立ちは陰陽師の家系としては新しいほうだ。といっても江戸のころ——幽世との交易によって力を増した徳川家《とくがわけ》が天下を取った際に成りあがった——というだけで、四百年くらいの歴史はある。

ただ他《ほか》の四家が京都に本拠を置く千年の歴史を持つ家柄、ということもあってか、新参の成りあがりと嘲《あざけ》られていたころのコンプレックスがいまだに残っているらしい。やたらと迷信深く古めかしい規律に厳しいのも、『由緒正しき』という枕詞に対しての見栄や執着によるところがおおきいのかもしれない。

花柳院家本邸は千代田区番町《ばんちょう》、皇居近くの一等地にある。近代的なマンションや豪邸が建ち並ぶ中、大規模な妖術で京都からそっくり転移したという築千年の古風な屋敷がどんと構えている。

敷地《しきち》は呆《あき》れるほど広く、白塗りの外壁は威圧的なまでに高い。今は冬なのでまだ慎《つつ》ましいが、春になると庭の桜が咲いていっそう華やかな景観になる。ひさびさにたずねると外から眺めているだけで息が詰まりそうだ。だが、さすがに門前払いということはないだろう。

「はあ？　日向様はまだ学校に通われているころだぞ。そもそもお前とは似ても似つかない。モップみたいなボサボサの髪でふざけたことを抜かすな」

「ち、違います。私は彼方、永遠とは双子の妹で」

「盗みを働きにきたにせよもうちょいマシな嘘《うそ》をつけイモ娘が。今日のところは見逃してやるからさっさと帰れ。それとも棒で叩かれないとわからないのか」

守衛の男に剣呑《けんのん》なまなざしを向けられ、彼方は慌てて逃げだすしかなかった。

「もはや、存在ごと忘れさられているということですね」

途方に暮れて街をさまよう彼方は、寒々しい空をあおぎながら呟く。

名家のしきたりにならい和装してきたが、それも裏目に出たらしい。いつだか後妻にあてつけのように渡された着物は繕《つくろ》いだらけのひどい代物。しかも長年の引きこもり生活がたたり、ズボラな性分が髪にまで出てしまっていた。せっかく兄とそっくりの顔立ちをしているのに、これではろくに確認もせず追い払われても文句はいえない。

なんてみじめな気分だろう。高級ブランド店のショーウィンドウに映る自分の姿に目をやると、うつむきがちに歩く姿がすっかり板についている。

……腹違いの妹はもっと華やかで、ピンク色の可愛《かわい》らしい着物がよく似合っていた。成長すれば名家のご息女らしくプラダやセリーヌ、はたまた幽世から輸入した一点ものの高級バッグをちょこんと構えて、おすまし顔でこのあたりの道を歩くに違いない。

それに比べたら今の私はあの屋敷にも東京の街にも場違いで、埃だらけのオンボロ小屋とツギハギの着物が性にあっている。幼いころからぬいぐるみよりおもちゃの刀を欲しがるようなタイプだったから、真っ当な環境で育ったところで可憐なお嬢様にはなれなかったかもしれないが。

憧《あこが》れているわけではない。ただ、生きづらさを感じているだけだ。

双子の片割れとして、女として生まれたばかりに否定されてきた。しかしそうでなかったとしても求められる役割をこなせたとは思えず、だからやはり否定されて当然なのだと答えが出てしまう。

公園のベンチに腰かける。おりしも休日で、地方からきたであろう若者たち、外国からきた旅行者たち、そして——幽世からきたあやかしたちの姿を見かける。離れたところで大道芸人がショーをやっており、歓声や拍手が聞こえてくる。ぼんやりと眺めながらふと、兄に会えなかったことにほっとしている自分に気づいて、いっそう自己嫌悪に陥《おちい》っていく。

説得の言葉はいくつも用意していた。

命より大切なものはありません。こんな家なんて捨てていっしょに逃げましょう。ご病気のことだって、いいお医者様を探せばなんとかなります。ふたりで力を合わせれば、どんなことだって乗り越えられるはずです。

何度も何度もイメージした。だが、うまくいきそうな気はしなかった。

兄はきっと「ありがとう」と言いながら優しく笑うはずだ。

しかしそのあとで「でも」と続けるだろう。双子だからわかる。というより、彼方ですら自分の言葉を信じていない。

大人たちに泣いてすがって、こんなことは間違っていると声を張りあげて、なのになにも変わらなかった——変えられなかったから、今までだってすべてを諦めるほかに、道はなかったのだから。

どうせやるだけ無駄。ならばわざわざ兄の顔を見て傷つくより、なにもせずに出立の日まで無為に時間を過ごしたほうがいい。そして遠い幽世の地から訃報《ふほう》が届いたなら、自分も命を絶ってあらためて会いにいくとしよう。

もはや涙すら流れない。この世に期待することなんて、なにもない。

「今にも泣きそうな顔だな。そういう姿を見せられると心が痛む」

「……え?」

唖然《あぜん》としながら顔をあげると、長身の男が目の前に立っていた。

月のような光を放つ銀髪で、顔立ちは見惚れるほどに整っている。しかし着崩したスーツ姿にサングラス、金のネックレスやブレスレット、ダイヤモンドがちりばめられたロレックスと、見るからにホスト風。うさんくさい服装のわりに佇《たたず》まいはどことなく上品で、だからか余計に浮世《うきよ》ばなれした印象を受ける。

日本人という雰囲気でもないし、お忍びで観光にきた海外のセレブスターとか貴族、とかだったらしっくりくるかもしれない。

キラキラした容姿のわりに、右手にはビニール袋をさげている。中から黄金の杯とかガラスの靴が出てきても違和感なく受け入れてしまいそうだ。男は了承すら取らずにベンチの隣に座ると、

「屋台で買ってきたクレープだ。どれも美味《うま》そうだったからぜんぶ買ってきた。好きなのを選んでいいから、これを食べて元気を出してほしい」

ますますわけがわからなくなった。

なぜ急に、こんな只者《ただもの》ではなさそうなお兄さんがおやつを奢《おご》ってくれるのか。

だが、すぐに察しがついた。オンボロ着物姿で虚《うつろ》な目をしたままベンチに座っていた自分を、路頭に迷って餓死寸前の娘と勘違いしたらしい。いわば紳士の義務として、施しを与えてくれているだけなのだ。

屈辱的……とは思いつつも、相手は善意でやっているようだし、間の悪いことに腹の虫がぐうと鳴ってしまった。なにより彼方は甘いものに目がなかった。

「モチモチしていておいひいですね」

「表情が明るくなってきたな。大量のクレープを抱《かか》えたままだと周囲にやたらと見られて気まずいし、俺としても分けあえる相手がいてくれて助かっている。美味《おい》しいものを食べるといい気分になる。それを誰かと共有できたらもっといい気分になる、というわけだ」

だから見ず知らずの彼方を誘ってベンチで食べているのか。見た目のわりに天然というか微笑ましいというか。しかしそういうところにも普通の人間にはない余裕が感じられ、浮世ばなれした印象がますます強まってくる。

悩みも忘れて美術品のような横顔をぽけっと眺めていると、銀髪のお兄さんもサングラスを外し、じっと見つめ返してくる。瞳《ひとみ》はうっすらと赤みがかっていて、朝焼けの空を思わせる。初対面のはずなのに兄のまなざしと同じような、底抜けの優しさみたいなものが感じられる。

身に覚えがないから、彼方はものすごく戸惑った。

失礼なのを承知で、たどたどしく話しかける。

「以前、どこかで会いましたか？」

しまった。これだとナンパしているみたいだ。

銀髪ホスト王子様はくすりと笑ったあとで首を横に振り、また彼方の顔をじっと見つめてくる。……このまま会話のキャッチボールを続けるべきか。それともお礼をいって立ち去るべきか。判断が難しいところである。

「なぜ、あんなに悲しそうな顔をしていた。話したくないのであればそれでも構わない。しかしなんとなく、吐《は》きだすところを探しているようにも見えた」

「そう、かもしれませんね。今朝ちょっと限界を感じましたし」

彼方は堰《せき》を切ったように悩みを打ち明けた。相手が話しやすい空気を作ってくれたからだろう。気難しくて意地っ張りな自分にしては珍しく、素直な気持ちを出せたように思う。といっても花柳院家や忌み子については打ち明けず、親とうまくいっていないことや、兄の病気についてなどを話す。

銀髪のお兄さんはしばらく考えこんだあと、

「お前はきっと、性根がまっすぐで優しい人間なのだろうな。だから世の中の理不尽や自分の責任ではないことまで抱えこみ、その重みに押しつぶされそうになっている。なぜそうなるのか。理由はいたってシンプルだ」

赤い瞳が彼方に向けられる。

そのまなざしの強さに、有無をいわせぬ圧のようなものが感じられた。

「なんてことはない。環境が悪いというだけの話だ。なのにお前は周囲に矛先を向けたくなくて、自分が傷つくほうを選んでいる。もっと無責任に他人のせいにしてしまえ。自分は悪くないと声高に叫べ。努力しているのにうまくいかないのだとしたら、それはお前ではなく世界のほうが間違っているからだ」

あまりにあけすけな言葉に、彼方は唖然としてしまう。

だがそれは心の中で、自分がずっと抱えこんでいたものだ。灰暗《ほのぐら》い感情。よくないもの。しかし男は堂々と言い放ち、恥じらうどころかあって当然のような顔で笑みを浮かべている。煌《きら》めく光で包みこむように。ずぶずぶと沈んでいるところを強引に引っぱりあげられたみたいに。

「まあ、見ず知らずの男に励《はげ》まされてもすぐには受け入れられないかもしれないな。だとすれば俺ではなく、自分が積みあげてきたものを信じてみるといい。たとえばその指先だ。いったいどれだけの時間、お前はあがいてきた？」

彼方ははっとして手を背後に引っこめる。

男は困ったような顔をして、

「気にしていたのならすまない。だが俺のような者からすればそれは勲章なのだ。スポーツか芸術か、はたまた武芸のたぐいか。いずれにせよ、お前がひとつのことに打ちこんできたことだけはわかる。親との話を聞くかぎり、褒めてくれる相手すらほとんどいなかったろう。それでも挫《くじ》けずに黙々と努力を続けてきた。そういう芯の強さは、立ち振る舞いの美しさにも表れている」

自分のほうがよっぽど上品で優雅なのに、ベンチでちぢこまっている彼方を手放しで賞賛してくる。現実的に考えるとありえるはずがなく、反射的に疑いかけるのだが……そもそもこれほど浮世ばなれした男が、私のような者に見え透いたお世辞を使うとは思えない。

だからいったん、信じてみることにする。

「背筋を伸ばし、前を向け」

「はい」

「いい顔だ。俺はそれがずっと見たかった」

つい笑ってしまった。

すると男はまた眩しそうに目を細める。

本気で長い間、待っていたような顔をしている。

変なひとだ。

ここまで励ましてもらって、そう感じるのは失礼かもしれないけど。

「おかげで元気が出ました。だから、やれるだけのことはやってみようかと」

「ぶち壊すくらいのつもりでいけ。うまくいかなかったら手を貸してやる」

さすがにそこまで面倒を見てもらうのは……。

と、いいかけたところで彼方の動きがとまる。

ぎょっとした。

目の前にいる男の姿を見て。

いつのまにか、額に鋭い角が生《は》えている。銀色の髪は肩にかかるほど長く伸び、全身に蛍火のような淡い光を放つ靄が漂っている。瞳も赤色にぼうっと灯《とも》り、地獄の底からのぞきこむようなまなざしが彼方にそそがれている。そばにいるだけで底冷えするような寒さを感じ、吐く息が真っ白に染まっていることに気づく。

浮世ばなれしているわけだ。

そもそも人間ですらないのだから。

「――お前が望むなら、俺はこの世界ごと火にくべてやろう」

◇

結局、逃げるようにしてその場をあとにした。

銀髪のあやかしは追いかけてはこず、超然とした笑みを浮かべたまま彼方の背中を見送った。

あれはまさしく悪魔の囁《ささや》きだ。いっときでも心を許しかけた自分に腹が立ち、離れの小屋に戻ったあともムカムカがおさまらなかった。

だが、同時に迷いも消し飛んでいた。あの男が彼方の抱えていた鬱屈《うっくつ》を代弁してくれたことは間違いなく、肯定してもらったことで勇気が出たのも事実ではあった。無力な自分を嘆くのはとことんやり抜いてからにしよう。うまくいけば儲《もう》けもの、くらいの気概で最後まであがいてやる。

日が暮れるまで待ったあとでピューと口笛を吹き、兄の式であるクロを呼び寄せる。彼方の姿を見るなり、狼頭のあやかしは目を丸くしてこう言った。

「なるほど。その手があったか」

「お兄様のところへ参りましょう。そのために準備をしておきましたので」

3

花柳院家本邸、西館。

本来は門下の陰陽師が寝起きするために建てられたのだが、修練場に一番近いからというだけの理由で、永遠は奥にある狭い部屋に住んでいる。

兄のほかにも何人か住んでいるが、全員が熱心な若者たちなので、夜になると時が止まったように静かだった。毎日厳しいノルマを課したあげく深夜まで術の研究に没頭する、なんて無茶な生活をしているのは兄だけである。

引き戸の隙間《すきま》から部屋を覗《のぞ》くと、机に向かって書きものをしている永遠の姿が見えた。柄物《がらもの》のパジャマに黒い半纏《はんてん》。髪は肩にかかる程度だが、うなじが細く白いので女の子っぽい。クロいわく普段着で街を歩いているとアイドル事務所のスカウトに引っかかるという。顔は同じはずなのにこの差はなぜ。

やがて気配に気づいたのか、ぴくりと背中が動く。

彼方がそっと中へ入ると、兄は首を傾けながらこう言った。

「また一段ときれいになったね。鏡を眺めているような気分だ」

「お兄様のそういうナルシストなところは嫌いではありませんよ。しかしいつまで経っても女の私と変わらないようなお姿では困ります。ブラック労働者じみた生活をあらためてお休みになってはいかがですか？　お医者様にも言われていますでしょうに」

「クロが話したのか。あいつは式のわりに口が軽いから困る」

永遠は困ったように笑う。そのあとでケホケホと咳《せき》をして、取《と》り繕《つくろ》うように胸を張るものだから、なおさら儚《はかな》げに見えてしまう。

こうやって向かいあって座るのは何年ぶりだろうか。彼方から見ても兄の顔はそっくりで、愛《いと》おしさよりも憎らしさが先にくる。対抗心。同族嫌悪。それから……嫉妬《しっと》。

事実、双子というのは厄介だ。お互いなにを考えているかすぐにわかるし、そのせいで会話を先回りする癖《くせ》がついている。

彼方が口を開くよりも早く、双子の兄は毅然《きぜん》とした声音で告げた。

「余命が二年なんて医者の見立てさ。それに君は勘違いしているようだけど、幽世に渡るのは家のためじゃない。自分の命を永らえるために、現世にはない治療法を探したいからだ」

「……初耳ですね。あるのですか。そんなものが」

「百鬼夜廻組の肩書きは絶大だよ。名のあるあやかしでも手に入れられないような薬材を買いつけることもできるし、手柄《てがら》を立てて炎魔大帝様のお許しをいただければ、万魔京の宝物殿に納められた古文書だって閲覧できる。いずれにせよ今のままじゃ遠からず命を失うんだ。だったら普通じゃできない方法に賭《か》けてみたっていいだろう？」

会話の先回りは昔から、兄のほうが一枚上手《うわて》だった。

次期当主としての責任感から命を投げだそうとしているなら、引き留めるだけの道理はあった。しかし自身の命を永らえるためというのであれば、実の妹であってもその意志を否定することはできない。

たとえ無謀な賭けであっても、信じて待つのが道理だろう。

だが——彼方はなおも、永遠をにらみつける。

「私はそう思いません」

「なぜだい」

「お兄様がご自身の言葉を、信じきれていないからです」

沈黙が流れた。その表情から、相手が返答に窮しているのが伝わってくる。

いっしょに逃げましょう。そう言って説きふせようとしていた自分とまったく同じ。永遠はありもしない願いを口にしているだけだ。病魔に蝕まれた今の身体では、目的を果たす前に息絶えるであろうことを理解している。

なのに、妹の前で意地を張っている。

兄だから。男だから。

彼方が決して得られない理屈を盾にして、奥にある本音を隠そうとしている。

「私はずっと疑問でした。お兄様がなぜお身体に鞭打《むちう》ってまで、陰陽師として名を上げてきたのか。今もこうして百鬼夜廻組という肩書きを、命を賭《と》してまで得ようとしているのか。本当はご自身のためでも、お家のためでもない。私のために——双子の妹を苦境から救いだすために、花柳院家の規律に縛られない力が必要だからではないのですか?」

「違うよ。……と言ったところで君は納得しないだろうね」

永遠は静かに笑う。見る影もなく瘦《や》せ衰《おとろ》えた姿が、いっそう胸に突き刺さってくる。涙を堪《こら》えようとすればするほど罪悪感が溢れてきて、彼方の顔はぐしゃぐしゃになってしまう。

考えてみれば当然の話だ。優しくて責任感の強い兄が、忌み子として迫害され続けている妹を見捨てるわけがない。自分がどうせ無理だと諦め現実から目を背けている間も、永遠はその身を削って救いだそうとしていたのである。

「君が学校に行かなくなってからも、あやかしたちに教わって勉強していたことは知っている。妖力が成長し続けていることも、それを必死に隠そうとしていることだって知っている。君はぼくよりずっと努力家で優しいのだから、本当はみんなに褒められて、愛されなくちゃいけないんだよ」

そっと手を握られる。兄を支えたいと思った。その気持ちを忘れていなければ、この手のひらはもっと温かかったかもしれない。今は冷たくて弱々しくて、目を離した瞬間に溶けて消えてしまいそうだ。

諦めていたことを後悔しているなら。兄を失いたくないと強く願うなら。

今度こそ、最後まで諦めるわけにはいかなかった。

「ご病気を治すために幽世の知識や薬材が必要なら集めましょう。百鬼夜廻組の肩書きがいるのでしたら配属を受け入れましょう。ただし、お兄様は療養せよと言われているのですから、まずはお身体を休めることを第一にお考えください」

「それは無理だよ。ぼくはこの世にひとりしかいないんだから」

「本当にそうでしょうか。ふたりに増やすこともできると思いますけど」

彼方はそう言ったあとで立ちあがる。

まるで今の自分の姿を、兄に見せつけるかのように。

「本日のコーディネートについて指摘すべきところはございませんか。今後のために参考にできればと考えておりますので」

「だから鏡を見ているのかと錯覚するくらいだよ。シャツとズボンは普段ぼくが着ているものと同じだし、髪の毛はばっさり切っちゃったのそれ？　屋敷に忍びこむだけにしては本格的だなと気になってはいたけど……まさか」

「私の意図がようやく伝わったみたいですね。そう、これはただの予行練習。花柳院家の者に見破られないのなら、あやかしたちにも問題なく通用するはず。つまりこの姿になれば、お兄様をふたりに増やすことができるわけです」

永遠は唖然として声も出ないようだった。

彼方はクスクスと笑った。兄に先回りされないことが、こうも嬉《うれ》しいとは。

「なので私が代わりに百鬼夜廻組のお務めを果たします。花柳院家の『トワ』として幽世の地にわたり、ご病気を治す手立てを見つけてまいりましょう。お兄様はその間『カナタ』としてお過ごしください。引きこもりの小娘ですから気兼ねなく療養できますし、花柳院家からは忘れられた存在なのでボロが出ることもありません。我ながら完璧《かんぺき》な計画」

「いやいや無茶にもほどがあるよっ！　バレたらどうするのさ！」

「もちろんただではすまないでしょうね。とはいえ私は覚悟が決まっていますし、お兄様だって先ほどおっしゃっていたじゃありませんか。命が尽きるのを待つくらいなら、いっそ普通じゃできない方法に賭けてみましょう。──クロ」

暗がりに向かって呼ぶと、どろんと人狼《じんろう》のあやかしが現れる。

忍び装束をまとった式は永遠ではなく、彼方を見て言った。

「なんなりとお申し付けください。主」

「ああっ……お前っ！　ぼくを裏切ったのか⁉」

「当然だろ？　俺たちはより優秀で、より面白そうなほうを選ぶ」

そのあとで、クロは険《けわ》しい顔で言った。

「兄は妹を救うために無茶をした。であれば、妹が兄を救うために無茶をするのを否定できまい。安心しろ。お前たちはとてもよく似ている。生き様までも」

「だからって……」

「一生そうしていろというわけではない。余命を考慮しても二年かそこらが限度。あやかしは人間の容姿に無頓着《むとんちゃく》な連中も多いし、俺が手を貸してやれば早々にボロが出ることはない。どうしても嫌だというなら今すぐ病気を治すんだな。休めと言われているのに駄々をこねるクソガキに拒否権があると思うか？」

永遠はなおも険しい表情をしていた。しかし長年連れそった式にそう言われると反論できないようだった。

やがて顔をあげ、自分とそっくりの姿をしている妹に言った。

「わかったよ。今さらなにを言っても聞かないだろうし、クロがついているならひとまず安心だ。ただぼくの代わりを務めるなら、ひとつだけ約束してほしい」

「お兄様が了承してくださるのなら、お聞きいたします」

「せっかくなら楽しんでおいで。家のためではなく、ぼくを助けるためだけでもなくて。ほかならぬ君自身のために、新しい環境を、まだ見ぬ出会いを」

彼方は深くうなずく。

そして再び向かいあって座り、兄の手をそっと握りしめる。

ただ納得してもらうだけでなく、自分の決意がしっかりと伝わるように。

やがて立ちあがり、力いっぱいに背筋を伸ばすと。

その瞬間から——彼方は『トワ』になった。

◇

兄は病を患っている事実を隠すべく、身のまわりの用事を自分と式だけでこなしていた。つまり彼方が入れ替わったとしても、着替えのときなどに侍従に勘づかれる心配はない。

幽世に渡る前で最大の障害となりうるのはやはり実の父親だ。しかし数日前から幽世との間で貿易サミットが催されており、龍之介は後妻と連れだって都内のホテルに滞在中だという。出立の日にはいったん屋敷に戻ってくるらしいが、逆にいえばそのときさえ乗りきればなんとかなるわけである。

翌日の朝。彼方はさっそく永遠の着物をまとう。黒い小袖《こそで》に灰色の袴《はかま》という組み合わせに派手さはないが、そのぶん佇まいを精悍《せいかん》に見せてくれるだろう。

胸にさらしを巻くと思っていた以上に息苦しく、女らしく成長しつつある身体を恨めしく感じた。一日中このままでいなければならないと思うとめまいを覚えるが、病魔に蝕まれながら厳しい修練を続けていた永遠に比べたらたいしたことではない。

ゆったりとした和装なぶん、肩幅や腰まわりは思っていたより違和感がなさそうだ。首には念のため包帯を巻いておく。兄は男にしては声が高く喉仏《のどぼとけ》は目立たなかったものの、歳を経るごとに違和感が出てくるかもしれない。陰陽師は声を張って術を使うことが多いし、日頃からケアしていると言っておけばごまかせるだろう。

あらかた準備を終えたところで息を吐き、背筋をぐっと伸ばしてみせる。

隣のクロは、その出来栄えを見て満足げに笑う。

「それだけ堂に入った佇まいなら、多少の違和感は勢いで押しとおせる。無理に演技しようとするな。むしろ『次期当主が一夜にして化けた』と思わせられればお前の勝ちだ。女というだけで侮っていた連中に見せてやれ。自分がどれだけ優秀で、魅力的であるかをな」

彼方は手はじめに今まで隠していた妖力のすべてを解放した。すると次の瞬間、屋敷の中が急に騒がしくなる。花柳院家に仕える陰陽師、彼らに使役されている式たちが、尋常なき波動を感知してどよめいたのだ。

彼方は門下のものたちのところへまわり、なんら心配はいらないことを説明していく。

もちろん本当の目的は、自らの内からあふれる力を見せつけるためだ。クロが言っていたとおり、演技する必要はなかった。幼いころから木登りをしたりチャンバラをしたりして、淑女にあるまじき振る舞いと父親に呆れられていた娘である。あとから身につけた作法を捨て、男らしい歩きかたや仕草《しぐさ》を意識するだけでこと足りてしまう。

おまけに花柳院家のものたちは、強者に擦り寄ることしか能がない烏合《うごう》の衆だった。誰も怪しまないばかりか、現当主をはるかに凌ぐ力を有した『トワ』を見るなり、勝ち馬に乗ろうと必死にもてはやす。実の父親よりも間近で接してきた永遠の世話役の男ですら、あきらかに変化したその佇まいに目を細め、

「……百鬼夜廻組への配属が決まったことで、まさかここまで力強くなられるとは。今のトワ様であればそうやって悠然と構えていらっしゃるだけで、門下のものたちは花柳院家に仕えていることを誇らしく感じましょう」

これまでは見くだすような視線を向けていたくせに、髪を切って服を変えただけでこうもあっさり評価が反転するとは。結局のところ彼らはずっと自分のことなんて見ていなかったのだ。あるいは、兄の内面すらも。

とはいえ今のところ成果は上々である。自信をつけた彼方は、腹違いの妹である日向のところにも足を運ぶことにした。彼女もまた凜々《りり》しくなった『トワ』にあっさり魅了さ

れ、幼い娘にあるまじき仕草で媚《こ》びを売ってくる。

「お兄様ったらずいぶんとイメチェンしたのね。前よりワイルドな感じがあって素敵だし、これなら晩餐会《ばんさんかい》で隣にいても恥ずかしくないかな。あたしがおおきくなったら、お父様たちに内緒で付き合ってあげてもいいわよ?」

「じゃあほかの男に取られないように、今のうちから予約しておこうかな」

彼方は歯の浮くようなセリフを吐き、幼い妹の手の甲に口づけする。どうすれば女が喜ぶかなんて、それこそ手に取るようにわかるのだ。

日向はお餅《もち》のような頬《ほお》をぽっと赤らめ、照れくさそうに身をよじった。ませた仕草が目立つものの、そのぶん男たちよりも御しやすそうである。

有頂天になった日向は母親の悪口をペラペラと喋《しゃべ》りだした。その中には明確に『弱み』となりうるような醜聞もあり、内心で笑みを浮かべてしまう。彼方に対して「前の奥様の躾が悪い」とのたまっていたが、後妻のほうがよっぽどひどい。いずれあの性悪女は、自らの言動の報《むく》いを受けることになるだろう。

自室に戻ってきた彼方は、屋敷をまわっている間ずっと影の中に潜ませておいたクロを呼びだす。男らしくない仕草をしたときは足の裏をコツコツと叩いて知らせるようにと頼んでおいたのだが、今日のところは頼らずにすんだ。

「カナタのほうはその後どうなっている」

「心配いらねえよ。離れの小屋に引きこもるだけじゃ本家から近すぎて危ないってんで、今は別の隠れ家に移り住んでいる。この際だから話すが——主は己の身になにがあっても妹だけは助けられるようにと、あらかじめ逃げ道を用意しておいたんだ。当面は不自由なく暮らせる蓄《たくわ》えとともにな」

「お兄様は本当にお優しいかたですね。まさかそれを自分の療養生活のために使うとは思っていなかったでしょうけど」

つい演技を忘れて感傷に浸ってしまう。クロはなにも言わずに兄の机の鍵《かぎ》のかかった引き出しを開け、中にあったものを手渡す。

「これは……お兄様の日記と、仕事の資料？」

「今のうちに読んでおけ。お前の兄は優しくて責任感の強いやつだが、そういうところがあの父親と渡りあううえでは仇《あだ》となった。もちろん本人も自覚していたから、無謀な賭けに挑む妹に同じ轍《てつ》を踏ませるなと頼まれている」

反面教師じみた言伝《ことづて》に苦笑いする。日記をぺらぺらとめくると、花柳院家という腐りきった環境で生きてきた永遠が抱えていた葛藤《かっとう》が赤裸々に記されていた。

本当はこうなりたかった。こうしたかった——もうひとりの自分の切なる願いを理解したことで、彼方の中に芽生えた『トワ』がより鮮明になっていく。

あらかた読んだところで、噛《か》みしめるように呟く。

「こんなものまで託してくるあたり、お兄様もいよいよ腹を括《くく》ったようですね」

「ならば期待に応《こた》えてやれ。主が求める、理想の男として」

◇

出立の日。彼方は幽世から届けられた桐箱《きりばこ》を開ける。

中には黒地に桜の柄がちりばめられた豪奢《ごうしゃ》な羽織《はおり》。背中には金糸でおおきく『鬼』の字が刺繍《ししゅう》されている。これは百鬼夜廻組の証《あかし》であり、出立の日から隊を去るまで身にまとうことが習わしとなっている。

ぱっと肩にかけると、幽世の絹で織られた羽織が妖《あや》しげな輝きを放つ。数日を経て男装がいっそう板についてきた彼方は、蠱惑的《こわくてき》といっていいほどの色気を漂わせている。普通に考えればあまりの変わりようを不審に思うところだろう。だが花柳院家のものたちは、『一夜にして化けた』次期当主にすっかり心酔しきっていて、一向に疑うような気配を見せない。

尋常ではない妖力。抗《あらが》いがたい美貌《びぼう》。なのに話してみると朗《ほが》らかで優しく、身分が下のものに対しても友人のごとく親身に接してくれる。日頃から威張り散らし、機嫌が悪いと誰かれ構わず当たり散らす龍之介とは雲泥の差である。

幽世になんて行かないでくれ。父親を討つなら協力する。今からでも遅くはない。現当主を退けて花柳院家の未来に光を照らしてくれ……などなど、泣いてすがる門下の陰陽師も多かった。さすがにやりすぎではないかとクロには呆れられたが、半端《はんぱ》な演技をするよりはマシだろう。

ただでさえ——いつ看破されるかわからない無謀な賭けなのだから。

4

「ほんの数日留守にしていた間に、ずいぶんな変わりようだな」

一同が集う中庭。現当主、花柳院龍之介は静かに言った。

双子の兄に化けた彼方を一瞥《いちべつ》し、そのあとで門下の陰陽師たちをじろりとにらみつける。生まれながらの支配者らしい、横暴かつ貫禄《かんろく》のある佇まいだ。

彼方はほんのわずかの間、龍之介に気圧《けお》されてしまった。

幼いころから何度も虐げられてきたせいで、手足が震えるのを抑えきれない。身のまわりの品を詰めたたすきがけの鞄《かばん》の帯をぎゅっと握りしめ、追い詰められたうさぎのように身をかがめる。

影の中に潜むクロが、足の裏をコツコツと叩く。……わかっている。実の父親を騙《だま》しおすほどでなければ、女である事実を隠しながらあやかしたちと渡りあえるとは思えない。

兄からすべてを託されて、今こうして『トワ』として立っているのだ。これしきのことで屈するわけにはいかない。

だが——彼方の動揺する姿を見て、龍之介の背後にひかえていた後妻が笑う。

「顔色が青いですけど、やはりまだ具合が悪いのですか？　これから幽世に渡ってお務めを果たすのですから、しゃきっとしてもらわないと困りますよ」

「はっはっは！　トワは生まれてこのかたずっと体調を崩しておるようなものだろう。我が子ながら情けないと思わなくもないが……それでも今日まで花柳院家の嫡男として立派にやってきたのだ。めでたい門出の日に水を差すでない」

ふたりが意地の悪い笑みを浮かべるのを見て、彼方はなおさら動揺を隠せなくなった。

兄は病のことを親にも隠していた。そもそも余命が二年と知っていれば、さすがに龍之介とて幽世行きに難色を示したはずだ。花柳院家にとっては大切な跡継ぎ。たとえ先方のメンツを潰したとしても、捨《す》て駒《ごま》のごとく扱うことはできないだろう。

なのに龍之介は平然と見送ろうとしている。あえて言葉にはしていないものの——実の息子が重い病を患っているのを知ったうえで、さっさと死んでこいとばかりに冷淡なまなざしを向けている。なぜなのか。理由がわからないだけに、彼方としては内心の戸惑いを隠すことが難しかった。

すると背後にひかえる後妻が、勝ち誇ったような笑い声とともに告げた。

「めでたいといえば、あなたたちに弟ができますわよ」

「ええっ⁉　うっそー！」

隣にいた日向が無邪気な声をあげる。龍之介は娘の頭をなで、嬉しそうに言った。

「よかったな、トワ。これでお前も心置きなく幽世の地に渡れるだろう。もしその身になにかあっても、花柳院家の未来は安泰だ。あやかしどもに囲まれて暮らしたほうが性に合うというなら、いっそあちらに骨を埋《うず》めてもいいのだぞ？」

龍之介はしっしっと犬を追い払う仕草をしてみせる。血の繋がった家族なのに、どうしてこうも非道に振る舞えるのか。彼方は怒りのあまり、父親に殴りかかりそうになった。

しかし手足に力が入らない。全身がわなわなと震え、今にも涙ぐみそうになっている。所詮《しょせん》は付け焼き刃の演技。思わぬ角度から突《つ》かれれば、たちまちボロが出てしまう。

門下のものたちの間にも動揺が広がっていく。

新たな跡継ぎが生まれること。当主があからさまに嫡男を厄介払いしようとしていること。それに当人が言い返せず、か弱い娘のように泣きだそうとしていることが――『トワ』という仮初《かりそめ》の姿を剝《は》ぎとろうとしつつあるのだ。

むろん、龍之介がその変化を見逃すはずがない。彼方をじろじろと見つめながら首をかしげはじめる。早く立ち直らなければと思うのだが、焦れば焦るほど胸の動悸《どうき》が激しくなり、今にも膝《ひざ》から崩れ落ちてしまいそうだった。

そのとき、外が急に騒がしくなった。

「――龍之介様っ！　大変です！　門の前にあやかしがっ！」

「なんだと？　花柳院家の表札が見えないのか、そのバカは」

守衛のものはへなへなと地べたに座りこみ、今きたほうを指さす。尋常でないうろたえぶりに、龍之介のみならず誰もが門の先に目を向ける。

たった一匹。身の丈《たけ》は人間とそう変わらない。

柳のように身体の線が細い。髪は月のような銀。顔の上半分は朱色の面に隠されていて見えない。しかしこの世のものとは思えないほど美しいだろうと期待させるような、妖しげな笑みを浮かべている。

　身にまとうのは天女のごとき白い羽衣。ただ歩きかたを見るに男なのは間違いなさそうだ。なにより目を引くのは肩にかけた羽織。それは彼方がまとっているものと同じ。黒絹に金で鬼の字が施された――。

「百鬼夜廻組……だと⁉」

「ちょうど現世に招かれていたのでな。低俗なサルの分際で我が隊に配属されようという生意気な新入りを、散歩ついでに迎えに来てやったわけさ」

　そのあとで、朱面のあやかしは龍之介を一瞥する。

「お前の顔はサミットで見た気がするぞ。であれば俺が誰だか察しがつくだろう。それとも先に名乗らせるつもりか？　礼儀がなってないな青二才」

「これはこれは……気がつかず申しわけありません。黒楼殿」

　威張り散らした態度から一変、龍之介はうやうやしく頭《こうべ》を垂れた。背中を丸めて震える様から、内心では憤りを募《つの》らせているのが見てとれる。

　彼方を含め、周りにいたものたちは驚きを隠せない。

花柳院家において当主の権力は絶対だ。

しかし外の世界に出ればもっと身分が高いものはいる。たとえば最強のエリート集団である百鬼夜廻組、それを率いる総長にして、炎魔大帝の子。

現世に来訪することすら滅多《めった》にない。ましてや一介の陰陽師の屋敷にわざわざ足を運ぶとは……それだけで天地を騒がす大ニュースになりかねない。

伝説級の存在。

鬼皇——『黒楼』。

気がつけば中庭にいる誰もが片膝をついていた。不敬かどうかではなく、ただただその存在に圧倒され、足もとから崩れたというほうが正しい。

彼方もまた夢を見ているような気分で考える。自分はなぜ龍之介ごときに怯《おび》えていたのか。この恐ろしいあやかしに比べたら、あんな男なんて羽虫と変わらぬというのに。

「みな顔をあげよ。トワなるものはどこに」

「……はっ！　ここにおります！」

「齢は十六だったか。人間であれば幼いといっていい年頃だろうに、妖力の高さには目を見張るものがある。病弱と聞いていたが、その生気に満ちた佇まいを見れば心配はいらないこともわかった。我がもとで研鑽《けんさん》を積めば、かの晴明《せいめい》にも劣《おと》らぬ陰陽道《おんみょうどう》の使い手になるやもしれぬ」

褒められた。礼をいわなくては。

そう思い口を開こうとした矢先、

「だがそれ以上に、美しい目をしている。力が強いあやかしならごまんといるが、品位の高いものとなるとそういない。なぜ人間の、それも年端もいかぬ小僧を配属させるのかと訝《いぶか》しんだが、あのクソ親父《おやじ》の采配《さいはい》もあながち的外れではなかったということだな」

威風堂々とした佇まいのわりに、黒楼は軽やかに笑う。美しい目をしているというが、目の前に立つ男のほうがずっと澄んだ瞳をしている。

だからこそ余計に嬉しかった。

嘲りの混じった皮肉でもなければ、白々《しらじら》しいお世辞でもない。数々の伝説に語られる鬼皇が、自分の佇まいを見て心からの賛辞を贈ってくれたのだ。

しかもそれだけではなかった。

黒楼はなんと自ら跪《ひざまず》き、彼方と同じ目線になった。

そして囁きかけるように、こう告げたのである。

「あらためて願おう。トワよ。その身のすべてを捧《ささ》げ、俺のために尽くしてくれ。もちろん相応の待遇は約束しよう。多少のわがままだって聞いてやる」

周囲からどよめきが起こる。彼方は呆然《ぼうぜん》とするしかない。

龍之介と後妻だけが苦い顔をしていた。百鬼夜廻組への配属は花柳院家の名をあげる。しかし我が子は病弱だから、どうせお飾り程度の扱いを受けると踏んでいたに違いない。それが思いのほか好待遇を受けそうだから、今さらながら嫉妬心を募らせているのだ。

事実、黒楼の言葉から察するに、当初は彼もトワの才覚に懐疑的だったようだ。現世との貿易を円滑に進めるための人材交流。炎魔大帝の好感度アピールくらいに考えていたのかもしれない。

だが、印象は覆された。

どころかトワの——いや、彼方の在りようを美しいとまでいってくれた。

手足の震えは止まっている。

戸惑いや恐れも吹き飛んでいた。

あるのはただ、湧きあがるような覚悟のみ。

「私は誠心誠意、殿下に尽くすことをお約束いたします」

黒楼は仮面のしたから白い歯を見せる。

不思議だ。離れたところで眺めていたときは恐ろしいと感じたのに、間近にいると陽《ひ》だまりのような安心感を抱いてしまう。

それにこの、胸の奥をぎゅっとつかまれるような感覚。

彼方は吸い寄せられるように相手の懐《ふところ》近くまで歩を詰め、そのあとで自分の図々《ずうずう》しさに恥じらいを覚えた。認めてもらったとはいえ、相手はれっきとした幽世の皇子《おうじ》。軽薄な女子学生のような振る舞いをすべきではない。

だが、黒楼はそっと手を伸ばし、慌てて離れようとする彼方を引きとめる。

直後、中庭にぱっと満開の桜が現れた。

餞《はなむけ》のつもりだろうが、ただそれだけのためにとんでもない規模の力が使われている。陰陽道なる体系はしょせん、あやかしの『妖術』を人間が扱えるように簡略化したものだ。ただでさえ成り立ちから差があるのに、炎魔の血を引く鬼皇の術ともなれば、比べるのも馬鹿《ばか》らしくなるほど格が違う。

では参ろう。

扇《おうぎ》のように広い手で促《うなが》され、彼方が歩きだそうとしたそのとき、

「お待ちください黒楼殿。そのものは花柳院家の次期当主となる身。炎魔大帝様からの直々のお達しであろうと、そう易々《やすやす》と受け入れるわけにはまいりませぬ」

「……聞いていた話と違うぞ。当主であるお前の了承はすでに得ていたはずなのだが。それに今しがたトワ自身の口から決意の旨を聞いたばかり。親であればなによりもまず、我

が子の意志を尊重すべきではないか」

「私としても別に行くなと申しているわけではありません。ただ花柳院家の嫡男に生まれた以上、此奴《こやつ》めが果たすべきは次期当主として名をあげること。そのためにしばし百鬼夜廻組に籍を置かせていただくというだけの話です。だのに先ほどのやりとりはまるで、嫁に出されるかのような勢いだったではありませんか。まああやかしの世界では男児であろうと、そういう扱いを受けるのは珍しくないことなのかもしれませんが」

「下衆《げす》の勘ぐりだな。つまりなにが言いたい。さっさと本題に入れ」

「いやはやお察しが悪い。私としてはただで、というわけにはいきませぬとお伝えしているだけなのですがね。婿養子《むこようし》に出すときだって結納金《ゆいのうきん》くらいはあるものでしょう?」

横で聞いていた彼方は唖然とした。親子だけで会話していたときは『あちらに骨を埋めても構わん』といっていたくせに、とんだ二枚舌があったものである。

龍之介はじろりと目配せしたあと、嘲るような笑みを浮かべる。やっぱりこいつにたいした価値はないと、確認したような素振りだった。病気で死にそうな犬が高く売れそうだとわかったから、値を吊《つ》りあげてやろうという腹なのだろう。

結局この父親は、なにも変わらない。なにも見ていない。

双子の兄や、彼方が、どれだけ努力しようと。

ならば——教えてやらねばならない。

自分たちに、なにができるのかを。

「黒楼様、父の話を聞く必要はありません」

「ほう。それはなぜかな」

「殿下以外のあやかしのかたからすでにたくさんのお金をいただいているからです。先日の貿易サミットでは交友を広めるのにお忙しかったようですので」

龍之介がぎょっとしたような顔をする。一方、黒楼のまなざしはいっそう鋭くなる。幽世の皇子から、百鬼夜廻組の総大将に切り替わったような雰囲気だ。

「お、お前……！　なにをわけのわからんことを言いだすのだっ！」

「我が父ながら情報管理がずさんすぎますよ。必要であれば気前がいいお友だちのリストを証拠とセットで黒楼様にお渡しします。百鬼夜廻組といえば幽世に住まう民の味方。ささやかなお悩みから司法や行政ではなかなか立ち入れない巨悪の成敗まで。パッと思いつくところでは官僚の汚職あたりですね」

彼方は自分より背の高い父親を見あげつつも、臆《おく》することなく語ってみせる。

黒楼は黙って眺めていたが、やがて納得したようにふっと笑みを漏らした。

「みなのもの聞いていたか。次期当主は正義のために自らの父を断ずる覚悟らしいぞ。まあ家の恥と言えなくもないが、結果として飛ぶ首の数を考えると幽世における功績のほうがおおきかろうな。なにより俺には利しかない」

龍之介は口をぱくぱくと開けているものの、狼狽《ろうばい》のあまり次の言葉が出てこないようだった。しばしの間があってなんとか言い放ったのが、

「この裏切り者がっ！　お前なんぞさっさと死んでしまえ！」

「はじめて意見が合いましたね。私も父上のことをずっとそう思っていました」

彼方は笑った。ようやく言えた。心からの本音。

さすがに命までは奪われないだろう。しかし、当主としては終わったようなものだ。当面は門下の陰陽師たちで花柳院家を切り盛りすることになるはずだ。

そこで、龍之介の背後にひかえていた後妻と目があう。

頼りにしていた男の失脚を受けて顔が真っ青になっているものの、まなざしにはいまだ強い敵意がこもっている。娘の日向の肩をぎゅっとつかみ、もう片方の手でお腹《なか》をずっとさすっている。跡継ぎ候補がいれば手が出せまい、とたかをくっているように見えた。

彼方はさりげなく近づき、後妻の耳元で囁く。

「ぼくがいない間、夜遊びはほどほどにしてくださいね。誰のお子さんかわからないなんて話になりますと、それこそ家の恥になってしまいますから」

「……ひっ！」

後妻は身をすくめたあと、お喋りな娘をにらみつける。日向も血のつながりがないのなら兄と結婚できるはずだが、もちろんそんなことを許すつもりはない。幽世での生活が落ちついたら門下のものたちの手を借りて、真っ先にこの家から追いだしてやろう。

彼方は前を向き、ゆっくりと歩きだす。

満開の桜のしたで待っていた黒楼が言った。

「家族との別れはすんだか？」

「はい。まるで新しい自分に生まれ変わったような気分です」

5

屋敷を出ると、いっそう心が軽やかになった。

自然と笑みがこぼれ、今にも走りだしそうになるくらいだった。

影の中に潜んでいたクロにコツコツと足の裏を叩かれ、おっと危ないと気を引きしめる。黒楼はなにも言わずにゆっくりと後ろを歩いていた。怪しまれてはいないようだが、子どもっぽいとは思われてしまったかもしれない。

ビルが建ち並ぶ大通りを歩く。人間だけでなく、あやかしの姿もちらほらと見える。幽世への入り口、いわゆる移界ポートはまだずっと先にある。タクシーや妖術を使うほどではないが、徒歩で向かうにはやや長い距離かもしれない。

なにか話題を振らないと失礼だろうか。そう考えた矢先、

「今しばらく観光していたかったな。東京の街はいいところだ」

「黒楼様はどんなところに行かれましたか？」

「敬語はいい。こうして散歩しているときくらい自然体で話そう」

いきなりは難しい。だが、従わないのも野暮かもしれない。

幽世の皇子は彼方の背中に向かって語りはじめる。

「浅草《あさくさ》とか東京スカイツリーとか、あと原宿《はらじゅく》にも行ったな。はるか昔に幽世から渡来した人間やあやかしの手によって発展した国だから、そもそも相性がいいんだろう。料理とかそっくりそのまま同じものまであるぞ」

「へえ。食事の心配はしなくてよさそうで安心しました」

「さすがにクレープまではないがな」

彼方はぎょっとして足をとめる。

いつのまにか黒楼がすぐそばまで距離を詰めていた。頭ひとつぶん以上は差がありそう

な背丈《せたけ》で、のぞきこむようにしてこちらの表情をうかがっている。

「あの、ぼくの顔になにか」

「それがお前の自然体か？　前に会ったときと口調が違うような気もするが」

えっ――と思った瞬間、黒楼は勢いよく地面を踏みしめた。

影のしたからクロの短い悲鳴が響く。

わけもわからぬまま、ひとけのない路地裏まで引っぱりこまれてしまった。

くるりと回された反動で、背にかけていた鞄が地べたに落ちる。

「わがままをいうのはいい。だが、俺に嘘をつくのはやめろ」

「……黒楼様がいったいなにをおっしゃっているか、わかりません」

「次はない。しらを切るなら式を殺す」

ひゅっと肝を冷やし、影を見る。先ほど黒楼になにかされたのはわかった。一応かすかに気配は感じとれる。だがここで選択肢を間違えたら、クロが死ぬ。

観念して顔をあげる。鬼皇がゆっくりと仮面を外した。

目の前に立っていたのは、いつだか街で出会った鬼のあやかしだった。ただ今はあのときの優しい笑みがなく、冷徹なまでの無表情を貫《つらぬ》いている。

しばらく沈黙が続いたあと、肩の力がふっと抜けていく。この王子様は貿易サミットに参加するべく、数日前から現世に滞在していたのだ。にわかには信じがたいものの……プライベートの時間に悩める小娘と出会い、からかい半分にお悩み相談に乗る機会がなかったとは言いきれない。

なんとなく予感はあったように思う。黒楼というあやかしが花柳院家に現れたときから。あんなに浮世ばなれしていて、超然とした男がふたりもいてたまるか。ただあまりに出来すぎていて、そうと断言するだけの自信がなかったのだ。

彼方もまた『トワ』の仮面を外し、問いかける。

「いつから気づいていましたか」

「屋敷で最初に見たときから。なかなか面白い見せものだったぞ」

黒楼はそう言ったあと、乱暴につかんでいた手を離す。公園のベンチでクレープを食べたときと同じ、人懐《ひとなつ》っこい笑みを浮かべている。

しかし底冷えするような空気は相変わらずだ。幽世の本に書いてあるとおりなら、鬼皇の二つ名で知られるこの男は優しいだけの王子様ではない。

だからきっと、選択肢を間違えたら『次』はないのだろう。

「――説明しろ。お前にはそうする義務があるはずだ」

黒楼は無言で手を引き、彼方を抱えあげる。そして空にふわりと舞いあがると、疾風のごとき速さで移界ポートまで一直線に飛んでいく。

空港の滑走路によく似た広々とした敷地。科学の粋を集めて作られた流線型の移界シャトルが並ぶ中、隅《すみ》っこにぽつんと古風な屋形船が停泊している。

こけら葺《ぶ》きの屋根に音もなく降りたつ。黒一色の船体に金の縁取り。甲板から生えた建屋は社殿のように豪奢だが、それ以上に内から漂う妖力がすさまじい。

彼方は緊張で身をこわばらせている。その姿を見て、黒楼は平静を取り戻す。

……感情的になりすぎた。

怖がらせてしまったのでは、元も子もない。

「この屋形船は幽世の至宝。最古の移界シャトル〈涅槃丸《ねはんまる》〉だ」

説明された彼方のほうはきょとんとしている。会話のとっかかりがほしかったのと、今はもう機嫌が直っていることを伝えるためだったが、初手から失敗した感はある。ならば素直に安心させるような言葉をかければいいものを、気持ちの切り替えがうまくできなくて、変な空気が流れてしまっている。

そもそも最初から怒っていない。

いつまでも演技を続けているから、つい我慢できなくなった。

あと彼方の中にほかのあやかしの気配がするのも気に食わなかった。

これはもう完全な八つ当たり。おかげでかなり警戒されている。普段の自分ならやる前に堪えただろうに、感情の制御がきかなくて墓穴を掘り続けている。

黒楼は片手で屋形の戸を引くと、中に入れとうながす。まずはふかふかのソファがお出迎え。中は外観とは真逆の洋風で、ホテルのスイートルームのごとく快適そうな空間である。

しかし彼方の反応は芳しくなく、ぎくしゃくとした足取りでソファに腰を落とす。まるで借りてきた猫。あるいは、叱られるのを待っている部下である。

黒楼はしばし黙りこんだのち、

「責めているわけではない。ただ、お前の言葉で事情を語ってほしいのだ」

「いえ……あなたのお怒りはもっともです。私はすぐに正体を打ち明けるべきでした。あのときわざわざ『多少のわがままだって聞いてやる』とまでおっしゃってくださったのですから、そのお言葉をもっと信用するべきだったのです。本当に申しわけありません」

ほんのわずかの間に、彼方との心の距離はだいぶ離れていた。

自業自得。一生の不覚。

鬼皇としての立場から威厳《いげん》と畏怖《いふ》を保《たも》つことが癖になっていて、逆にそれ以外の接しかたを忘れてしまっている。公園のベンチで話したときは我ながらうまくやれたものの、詰問口調からはじめてしまったせいで今から挽回《ばんかい》できる気がしない。

「私は兄の名を騙《かた》って不正に、由緒ある百鬼夜廻組に入ろうとしました。それは間違いなく現世においても幽世においても重大な罪となります。なによりもし正体が衆目にさらされることになれば、総長であるあなた様も責任を問われることになりましょう。ですから――」

「待て。俺はまったくそんなことは気にしていない。あの親に育てられてきたとなれば叱《しっ》責《せき》されると恐れてしまうのも無理はないが、事情も聞かずにあしざまに罵るつもりはないし、お前にそう誤解させたのであれば、それは俺の失態だ」

口にしたあとで、黒楼の中に深い後悔が押しよせる。

自分が軽はずみな行動を取ったせいで、この娘を傷つけてしまった。長らく虐げられてきた境遇を思えば、もっと大事に扱わねばならぬというのに。

「頼むから、信じてもらうことを諦めないでくれ。俺も絶対に、お前に信じてもらうことを諦めない。あんな態度を取ってしまったことは謝る。今後もちょくちょく失敗するかもしれない。鬼皇と呼ばれていても完璧ではないからな。わかるだろう？　こうして話している間も、どうやったら安心してもらえるだろうかと苦心しているのだ」

「……ごめんなさい。騙していたのは私のほうなのに」

また謝られてしまった。

だが彼方はそこで顔をあげ、はにかんだ笑みを浮かべる。

黒楼は心の底から安堵《あんど》した。

そして、この娘を幸せにするためになにができるかを考えはじめた。


「――と、いうわけなんです」

「兄を病から救うためか。なるほど。実に真っ当な理由だな」

黒楼としては率直な感想だった。同時に、たいした度胸だと感服もしている。

年端もいかぬ娘が自らの立場を偽り、単身であやかしの巣窟《そうくつ》に乗りこんで隊士の務めを果たそうというのだ。しかもすべては敬愛する兄のため。あくまで自分以外の誰かに尽くさんとするのだから性根がまっすぐにもほどがある。

しかし、だからこそ危うい。

忌み子として、この世に生を受けたときから虐げられてきたからだろうか。自分は必要とされていない。だからせめて愛する兄に報いなければと、思いこんでいるような節がある。黒楼としては彼方の願いを叶《かな》えてやりたいと思うし、そのために協力は惜しまないつもりだが……施しを与えるだけでは、兄の命は救えたとしても彼方の心までは救えないだろう。自らの力で果たさなければ、誰かに必要とされていると実感することはできないからだ。

しばし、考えをめぐらす。

与えるのではなく、示すべきだ。その先に道があると、信じられるように。

「知ってのとおり百鬼夜廻組は弱きを助け悪を挫く正義の味方だ。性根がまっすぐなやつほど向いているし、働けば働くほど感謝されるやりがいのある仕事といっていい。とはいえ腕っぷしが強い連中が集まっているから、隊士の中にも勘違いするやつが出てくる。強ければなにをしてもいいんだろってな」

そこでお前だ。と、彼方の鼻先を指さす。

「あやかしから見ればか弱い人間にすぎない新入りが、誰よりもがむしゃらに努力して、いっとう強い隊士として名を馳《は》せる。そうすれば今はまだ力の足りない連中だって勇気づけられるし、虐げられている者たちにとっての希望の星にもなるだろう。お前の兄だって、そういうふうになろうとするんじゃないか？」

「そう……ですね。お兄様は志の高いかたですから」

「だったら務めを果たさないとな。お前が百鬼夜廻組に新しい風を吹かせてくれるのなら、俺だって兄の命を助けるために尽力してやろう。誰かに必要とされる、いや、誰からも必要とされる——立派な隊士になってみせろ」

彼方は黙りこみ、傷だらけの手をぎゅっと握りしめる。

蛹《さなぎ》から蝶《ちょう》に羽化する瞬間を、目の当たりにしているような気分だった。

やがてパッと、溢れんばかりの笑みが花を咲かせる。

「私、やってみせます。たぶんそれが、ずっと探していたことですから!」

黒楼もまた笑みをこぼす。

俺は間違っていなかった。

確かにこれは、千年待ちわびるだけの価値があるものだ。

二章　お披露目

1

話を終えた直後、彼方はふわっと浮いたような感覚を抱いて身を傾ける。黒楼が屋形の引き戸を開けると、外には見たこともない景色が広がっていた。

思わずソファから立ちあがり、感嘆の声を漏らす。

「幽世……」

「この船を使うと一瞬だな。両界を行きかう旅を楽しむ間すらない」

赤々とした空。墨を流したような黒い雲。眼下を見やると広大な山脈を割るように城壁が伸びている。まるで万里の長城だ。彼方は身を乗りだして眺めてしまう。黒楼が指さすほうに顔を向けると、その先には絢爛豪華《けんらんごうか》な街並みがあった。

万魔京──炎魔大帝が統《す》べる、幽世最大の都市だ。

白い外壁に囲まれた八角形の全景。背の高い御殿が建ち並び、上空からだと色とりどりの果実をちりばめたケーキのようにも見える。街路は妖術の力で浮いており、中心部にある螺旋状《らせんじょう》の構造物から樹木の枝のごとく四方に延びている。

滑空しながら住宅の屋根に降りたち、昇降口を開けて中に入っていく天女の姿まであった。現世とはまったく違う様相に、彼方はめまいを覚えてしまう。

「中心部から東にやや外れたところ、五重塔《ごじゅうのとう》を逆《さか》さまにしたような楼閣があるだろう。あれが百鬼夜廻組の本拠にして宿舎、熾天閣《してんかく》だ」

説明どおりの不可思議な建物を見つけたところで、黒楼は告げる。

「まずは仲間たちに会ってもらおうか。新入りのお披露目《ひろめ》、というやつだな」


屋形船は熾天閣の天頂部に音もなく降着した。吹きつける風の強さが高所にいることを感じさせるうえに、ヘリポートめいた敷地には転落防止用のフェンスすらない。船から降りるのにもたついていると、黒楼が英国紳士のように手を差し伸べてくる。しかし彼方は一瞥したあとにトンと飛び、記念すべき幽世への第一歩を自らの力だけで成しとげる。

熾天閣の入り口はおどろおどろしい朱塗りの門で飾られていた。廊下はゆるいスロープになっていて、壁面には神々しいあやかしの姿が描かれている。屏風絵《びょうぶえ》の中を歩いているような気分になるが……これから顔を合わせるのは百鬼夜廻組。古い絵画に登場するような存在たちなのである。

やがて案内された大広間では、映画でしか見ないようなキラキラとした晩餐会が催されていた。波打つようなドレープがついた白のテーブルクロス、色とりどりの花と見慣れない料理の数々。和洋中のどれでもなく、むしろそのすべての源流が幽世にあることを痛烈に感じさせる光景だ。プライドの高い学者様が弁舌を振るって否定してみせても、陶器のゴブレットを片手に歓談する異形《いぎょう》の貴人たちの姿を目にすれば、どちらがより『本物』であるかは火を見るよりもあきらかだった。

「今日の主賓を連れてきたぞ。生まれは現世、種族は人。名を花柳院トワという。この少年が馳走《ちそう》に見えるものとているやもしれないが、早とちりして箸《はし》をつけるなよ」

鬼皇の言葉を合図に、あやかしたちの顔がいっせいに向く。

直後、どっと笑い声。

現在の幽世において人食いは固く禁じられている。からかわれているだけなのだろうけど、せめて最初くらいきちんと紹介してくれないものか。

釈然としないながらも、たどたどしく頭をさげる彼方。歩いたぞ、喋ったぞ、こっちを見たぞ——まるで動物園のパンダになった気分である。

黒楼は最初からずっと対等の目線で接してくれている。しかしこうして好奇と嘲笑が入り混じった視線を一身に浴びていると、本来あやかしにとって人間とは、もの珍しい動物にすぎないのだとつくづく思い知る。

……忌み子だからの次は、『人間』だから、か。

以前の彼方ならば、ため息を吐いて受け入れたかもしれない。しかし今は兄の立場を借りてこの場に立っている。黒楼にだって立派な隊士を演じてみせると誓ったばかりだ。軽んじられ嘲られるのが冴《さ》えない自分ではなく『花柳院トワ』なのだとしたら、いかなる場合であっても認めることはできない。

しかし百鬼夜廻組の隊士とあらば指折りのエリート揃い。鹿《しか》のような角を生やした悪魔の紳士もいれば、天女と見まごうほどの美貌をもった花精《かせい》の青年だっている。漂わせる妖力も並外れており、この場でちょっと張りあってみたところで、花柳院家の門下生たちのように圧倒されることはないだろう。だからこそひとりひとりの顔を目に焼きつけ、ありったけの笑みを振りまいてやるとしよう。兄ならきっとそうしたあと、言葉や態度ではなく実力で覆していくはずだ。

彼らの視線が、畏怖と尊敬に変わるまで。

強面《こわもて》のあやかしたちと挨拶《あいさつ》をかわしながら、奥のテーブルに並んで座っている幹部クラスのところへ向かう。百鬼夜廻組の隊士は現在のところ三十名。一番隊から五番隊まであり、序列トップのあやかしがそれぞれ長を務めている。お披露目は通常、新入りをどの隊に配属するかを決めるドラフト会議的な催しでもあるのだという。

おかげでいっそう視線が険しい。動物園のパンダから華道のコンクールに様変わり。一時期そういった習いごとをやらされたあげく壊滅的な芸術センスを露呈《ろてい》させてしまったのだが……あのときの空気を彷彿《ほうふつ》とさせる重苦しさだ。

「君が噂《うわさ》の新入りくんか。言われていたほどには病弱そうに見えないけど、だからといってうちの隊に引き入れるほどの器でもなさそうだね。人間だからころっと死んじゃうかもしれないし、それで責任を問われたら嫌かなあ」

さっそく刺々《とげとげ》しい言葉が飛んでくる。銀の盃《さかずき》をかちゃりと置いて見くだすような視線を向けてきたのは、青いマッシュヘアと片眼鏡《モノクル》が印象的な長身の男だった。

黒い羽織のしたに瞳の色と同じ瑠璃色《るりいろ》の衣をまとっていて、肌のあちこちには虹色《にじいろ》に輝く鱗《うろこ》が生えている。仙族《せんぞく》、それも龍に類するあやかしなのは間違いない。だとすれば彼は五番隊隊長――『葬武《ソウブ》』だ。

万魔京の北にある氷海領《ヒョウカイリョウ》、その王の末子にして夜廻組最強の術師。彼が書いた陰陽道にまつわる本は現世においても最上の指南書として崇《あが》められている。ていうか彼方もそれを読んで術の使いかたを覚えた。推し作家だったのにプライベートだとめちゃくちゃ感じ悪くてショックである。

どう対応したものか困っていると、テーブルの端《はし》っこから高らかな笑い声。赤い髪を短く切り揃えた体格のいい青年が、ひやかすように言った。

「葬武の言葉を真に受けるなよ。自分が持っていた最年少記録を人間ごときに三十年もぶち破られたもんだからやっかんでるだけだ。かつての神童、今は凡夫。その点でいうとオレ様は偉い。いまだに伸び代しかないからな」

「……この前、任務をすっぽかして始末書を書いてなかったか？　次やったら降格だぞって総長ガチギレしてなかったか？」

「細かいこと気にすんな。だからお前はいつまで経っても五番隊なんだよ」

「三番隊のほうが偉いってわけじゃないからな⁉　ただの番号だぞ⁉」

赤髪のあやかしと葬武は仲が悪いらしい。

となると彼は夜廻組きっての武闘派──『神楽《カグラ》』だろう。ふたりの諍《いさか》いは幽世から取り寄せた新聞雑誌の中でもよく話題にあがっていた。

真っ赤な袴のほかは夜廻組の羽織しかまとっておらず、隆々とした胸板があらわになっている。肌は日焼けした小麦色。金色の両眼。そしてルビーのような宝玉が額に埋めこまれている。黒楼と同じ鬼族、その中でも夜魔《やま》と呼ばれるあやかしだけが備えている特徴だ。

かつては数百の家来を従えた大野盗。炎魔大帝に処刑されそうになったところを黒楼に拾われ、三番隊を率いる長に抜擢されている。粗野な言動のわりに芸事が達者で、身を挺《てい》して部下を守るほど情に厚いと本に書いてあった気がする。葬武よりは彼方のことを好意的に見てくれているようだし、配属されるなら神楽の隊のほうがいいだろうか。

ほかの候補は……とあらためて見てみると、五番まであるはずなのに座っているのは葬武と神楽を含めて四名だけ。しかもそのうちのひとりは、

「泉吹《イブキ》、寝るな」

「――はっ！　起きてます。起きてますよ黒楼サマ！」

酒を飲んで爆睡していた。本当に隊長なのか？　このひと。

しかしあどけない容姿の少年は黒楼に注意されたあとも堂々とあくびをしていて、考えようによっては先のふたり以上に大物なのかもしれなかった。茶色の巻き毛、アーモンドのような形の目。細長い瞳孔《どうこう》と頭に生えた耳から察するに、猫のあやかしだろう。

夜廻組の羽織は肩がけで、今にもずり落ちそうになっている。袖飾りのついたブラウスにゆったりとした膝丈のズボンは、あやかしというより欧州の貴族を思わせる。そのままドールショップに飾られていてもおかしくないほどの愛らしさだ。

『泉吹』と呼ばれていたから、彼が四番隊を率いている長なのは間違いない。ただ先陣を切って現場に乗りこむ三番隊や五番隊に対して、彼らはもっぱら救護や支援を担当する裏

方部署である。ゆえに情報が表に出ることは少なく、隊長の出自も謎《なぞ》に包まれている。

「こいつは薬学の専門家でな。お前もそういったことに興味があるようだから、詳しい知識が得たいなら泉吹のもとをたずねるといい」

黒楼はそういって目配せする。兄の病気を治すため、という彼方の目的に協力すると約束してくれたからか。だとすれば配属先の最有力候補かもしれない。

しかし当の泉吹は、

「うちに来るのはやめといたほうがいいよー。超絶ブラックだからさー」

「ええ……」

死んだ魚のような目でいわれると説得力がすごい。

目的を達するための近道になるとはいえ、さすがに尻込《しりご》みしそうになる。

「二番隊の『絶華《ゼッカ》』は東の天蘭《テンラン》に遠征中で不在だ。あいつは外回りが多いからなかなか顔を合わせる機会はないかもしれないな。さて、残るは一番隊だが――まさかお前まで居眠りをしているわけではあるまいな?」

「静かにしているとすぐこれだから困りますね。ちゃんと聞いていますし、トワ殿にご挨拶する機会を今か今かと待ち侘《わ》びていたところですよ」

そういって立ちあがった男は、両目に包帯を巻いていた。

紹介されなくてもわかる。

黒楼と並び称される伝説級の存在にして、盲目の剣客。

名を『紫耀《シヨウ》』――二千年の時を生きる蛇のあやかしだ。

黒髪はうしろに結んで背中に流している。黒の羽織に藤色《ふじいろ》の着物。男とも女ともつかない中性的な顔立ちで、兄の永遠が二十年したらこんな雰囲気になるかもしれない。つまり今の彼方が隣に並んだら親子のように見えるはずだ。実の父親に対する嫌悪感が強いだけに、優雅で温和な佇まいの紫耀はなおさら好ましく目に映った。

それだけではない。紫耀は彼方に向かって頭をさげたのだ。

ほかの隊長たちは新入りとしてぞんざいに扱っていたのに、彼だけは礼をもって接してくれた。たったそれだけのことなれど、生まれてこのかた存在ごと軽んじられてきた彼方にとっては、同じ目線に立って悩みを聞いてくれた黒楼に続く衝撃だった。

紫耀のうやうやしい態度に、葬武と神楽が驚きをあらわにする。眠そうにしていた泉吹ですら姿勢を正し、肉食獣のような視線を彼方に向けている。

「紫耀は俺よりも長く生きている。貧民街にいたうす汚い小僧の中に大帝の血が流れていることにいち早く気づき、冷酷で賢《さか》しい長兄たちを出し抜いて鬼皇と呼ばれるまでに育てあげたのがこの男だ。お前は彼方を、どう見る?」

「幼き身体に不釣り合いな妖力の桁は、かつての葬武殿を思わせます。利発そうなまなざしは泉吹殿、勇ましさを感じる佇まいは神楽殿を彷彿とさせますでしょうか。ああ、絶華様のような奔放さもありますかね。しかしもっとも近しいのは、今しがた鬼皇様がおっしゃった貧民街の小僧でございます」

包帯に隠れて見えないが、懐《なつ》かしげなまなざしをしているのだろうと感じさせる声音だった。紫耀は額に手を当て、記憶をたどっているような仕草をする。

「死体と汚物にまみれた裏路地であなた様を見つけたとき、この腐りきった幽世を正す王の姿が脳裏に浮かびました。私は生まれつきこのような身体ですから、ほかのものには見えぬものが視《み》えるのです。その未来は道半《なか》ばですが、黒楼様の活躍を知れば疑いを持つことはないでしょう」

「バカ兄貴どものほかはな」

「いえいえ、彼らこそその未来をもっとも信じているのです。ゆえに大帝様をそそのかし、病弱な人間をこちらへ寄越した。異物が混ざれば結束が乱れる。足手まといになろうとも、現世との交友を考えればむげにはできない——そんなところでしょうか。ただどういう手違いがあったのか、実際に送られてきたのは稀有《けう》なる宝であったのです」

紫耀は再び、彼方に向かって深々と頭をさげた。

「黒楼様のことをよろしくお願いいたします。あなたを最初に目にしたとき、私の脳裏に浮かんだ情景については今ここであえて申しあげません。しかしトワ殿が我らにとって、光り輝く存在になることはお約束いたしましょう」

彼方はなんと返していいかわからなかった。

ただ、自分がどの隊に配属されるのかだけは理解した。

ほかの隊長たちはあまりに突飛な展開に唖然としている。したり顔で眺めているのは黒楼だけだ。やや演出過剰なきらいのある上司は物怖《ものお》じしている彼方の背中をそっと押す。

ずっと息を止めていたままだったのだ。

「はっ……こちらこそよろしくお願いします。紫耀様」

盲目のあやかしは滑《すべ》るように歩を進め、懐から漆塗りの印籠《いんろう》を取りだした。朱色の彫りで『二』と刻まれているから、隊の証なのだろう。幽世の本にはこんなものがあると記されていなかったが、都市の治安を守る部隊なだけに表に出ていない情報なんてごまんとある。

頭をさげて受け取る。が、そこでほかの隊長たちの視線が気になった。葬武なんて目を剝《む》いて、今にも卒倒しそうな勢いである。

……なにかとんでもない失礼を働いてしまったのだろうか。

当の紫耀はにこにこと笑ったまま。そもそも受け取る際の作法は現世と変わらないはずである。戸惑いながら黒楼を見ると、

「思えば長いつきあいだったな。ゆっくりと骨を休めるといい」

「家族サービスしないといけませんからね。ではでは、さようなら」

「え⁉　ちょっ――」

盲目とは思えないほど軽快なステップで背を向けると、紫耀はすたすたとその場を去っていった。彼方は開いた口がふさがらない。

気まずい沈黙が漂う中、黒楼が神妙な顔で告げる。

「紫耀は結婚を機に百鬼夜廻組を退き、後任に花柳院トワを指名した。ゆえに今後は彼を一番隊の長とする。異論は認めない。以上」

なるほど。よろしくお願いしますってそういう意味か。

いやいやいや。そうじゃなくって。

しかしツッコミを入れるより早く、神楽の怒号が会場全体に響きわたった。

「今どき男だって寿退社しますってか⁉　だからって新入りに丸投げるか普通⁉」

2

彼方に寄宿舎の部屋鍵を渡し、ドアの前まで送り届けたあと。黒楼は熾天閣の天頂部に舞い戻り、万魔京の夜景を眺めていた。

千年生きてきた中で、もっとも充実した一日。念願の相手と出会い、幽世まで招いた。この娘を幸せにしたいと、心から願うことができた。自分にとっての生きる意味を、ようやく実感した瞬間である。

しかし同時に、息つく暇すらないほど慌ただしくもある。彼方が隊士たちと挨拶している間に紫耀と話しあい、かねてから予定にあった勇退の時期を前倒し。彼方を一番隊隊長として抜擢するという、暴挙とも思えるプラン。

とはいえ無茶な人事は今にはじまったことではないし、これが最良という確信もある。黒楼の直感は外れたことがない。だからこそ百鬼夜廻組という組織をここまで育てあげることができたのだ。

獅子《しし》が生まれたばかりの子を崖《がけ》から突きおとすときも、きっとこんな気分になるのだろう。あえて厳しく接し成長をうながす。ただ同時に、健やかであってほしいと願う。矛盾した感情の狭間《はざま》でたゆたう中――今できることがあるとすれば、後顧の憂《うれ》いは断っておくことくらいである。

夜の風に髪がなびく。

万魔京は空間のうえでは日本国東京都と同じ座標にあり、つまり今の時期は冬にあたる。しかし日が暮れてからも気温がさがることはなく、常に快適な環境が保たれている。それを可能にしているのが、都市全体に張りめぐらされた制御結界。この尋常でない規模の妖術をひとりで行使し続けているあやかしこそ、炎魔大帝である。

最強の鬼皇と呼ばれる黒楼ですら、結界術の腕前にかぎっては父の足もとにもおよばない。なにせ相手は妖術の基礎を作った祖である。研鑽に費やした年月の重みが違う。

だが、日増しに結界の効力が落ちているのを感じる。これは兆《きざ》しだ。千年生きたあやかしですら想像できない長い長い治世が、終わりを迎えようとしている。神に等しい絶対的支配者を失ったあと、万魔京はおおきく荒れるだろう。新しい風が吹きつけ、ありとあらゆるものがなぎ倒され、否応《いやおう》なく変わっていく。

黒楼は身をひるがえし、夜景の中に落ちていく。百鬼夜廻組の羽織が風になびき、鴉《からす》の羽のように広がる。飛翔術《ひしょうじゅつ》の使い手は数あれど、鬼皇ほど上手に風を操るものはいない。烏天狗《からすてんぐ》の隊士ですら、優雅に舞う背中を見失わないようにするだけで精一杯になってしまう。

そんな空の支配者が向かうのは、都市の中心に建つ螺旋状の構造物。『炎魔殿《エンマでん》』と呼ばれるその名のとおり大帝の居城であり、万魔京施政局の本部でもある。

といっても用があるのは父ではない。炎魔はもはや地下の大聖堂にいなければ存在を保てないほど衰えている。今の万魔京を管理しているのは施政局の巫女《みこ》たちであり、その内部は汚職にまみれ腐りきっていた。

炎魔殿の間近にまで近づくと、幾重にも織られた防御結界を感知する。といっても黒楼にとっては入り組んだ路地程度の障害でしかない。岩の隙間をくぐりながら泳ぐ魚のようにすいすいと空を舞い、あっさりと内部に潜りこむ。

そこから先はもっと簡単だった。自慢ではないが、これまでに何度も要人の暗殺を成し遂げている。百鬼夜廻組が設立されたばかりのころは、ほとんど日課のようなものだった。誰よりも率先して汚れ仕事を引き受けてきたのが黒楼である。こればっかりは、立派に成長したとしても彼方に任せるつもりはない。

奥の広間にたどりつき、紙束《かみたば》を抱えている男の背後に忍び寄る。

そしてあえて慇懃《いんぎん》に、

「相変わらずお忙しそうですね。大婆様《おおばば》」

男はばっと身を引いた。紫の法衣《ほうえ》をまとった白髪のあやかし。結った髪は大理石の床まで垂れさがり、仙人のような髭《ひげ》をたくわえている。大婆、という呼び名から女のあやかしと誤解されることも多いが、施政局に勤める者は性別にかかわらず『巫女』と呼ばれる。

そしてその幹部たちが『大婆』である。

名は珊瑚《サンゴ》。齢はおよそ三千歳。悠久に近い年月を生きる炎魔を除けば、万魔京において最長齢のあやかしだ。しかし野心と意欲は衰えることなく、今なお施政局の重鎮として日夜職務に励んでいる。

「黒楼よ、こんな夜更けになんの用だ……とは問うまい。現世との貿易サミットにおける収賄の件、儂《わし》としても痛恨の極み。今後あのようなことがないよう、厳しい処分をくだすつもりでいる」

「厚顔無恥にそういう弁舌を披露するところはさすがだな。お前が裏で糸を引いていたことはわかっている。さすがに花柳院家の情報提供だけではたどりつけなかったが、百鬼夜廻組の諜報員《ちょうほういん》はなかなか優秀なもんでね」

「証拠はあるのか？　おっと、これがそうか」

いうなり、珊瑚は手に持っていた紙束に妖術の火をつけた。

しまった！　……とは思わない。

どうせ押収したとしても、立件する前に揉《も》み消《け》されるのがオチである。

「お前の性格は承知している。コケにされた相手には絶対に仕返しするタイプだ。そういう陰湿で粘着質な手合いが新入りにちょっかいをかけてくると面倒なんでな、今のうちに始末しておくことに決めた」

「儂は百鬼夜廻組の支援者のひとりでもあるのだぞ。たかが人間ひとりのために重要な後ろ盾を断つというのか。ましてや強引に暗殺を企てるとは」

「いずれそうするつもりではいたからな。お前のようなやつが背後にいるせいで、隊士の中によからぬ選民意識が芽生えはじめている。それは俺としては本意ではないし、今こそ襟を正すべきときだ。それに――」

黒楼は不敵な笑みを浮かべて告げる。

「お前だって気づいているだろう。あの炎魔がバカ兄貴どもにそそのかされるはずがない。つまり花柳院トワを幽世に招こうとしたことには、意味がある」

珊瑚はなにも返さない。沈黙こそが肯定だ。

表向きはそういうことになっていても、めざとい連中はすでに気づきはじめている。彼方の中にあるであろう、稀有な資質に。

だからこそ行動を起こされる前に、不穏因子は徹底的に排除しておく必要がある。彼方が立派な隊士に成長し、忌み子と蔑《さげす》まれてきた過去を払拭《ふっしょく》するまで――陰《かげ》ながら支え続けることが、今の自分に課せられた役割なのだ。

やがて珊瑚はパチンと指を鳴らした。

直後、暗闇《くらやみ》の中からぞろぞろと黒装束のあやかしたちが現れる。顔は面頬《めんぽお》で隠れて見えないものの、隙のない佇まいから手練《てだ》れとわかる。広間にいるのはざっと十名ほどだが、背後にその三倍は伏兵がいるはずだ。

「……絵に描いたような隠密《おんみつ》部隊だな。これだけの数をあらかじめ招集していたとなると、夜が明ける前にはトワを拘束するつもりでいたということか。やはりお前を真っ先に排除しておくのが正解だったようだ」

「抜かせ、小童《こわっぱ》が。最強の鬼皇と呼ばれて調子に乗っておるのかもしれんが、施政局の中枢に単身で乗りこむとは愚の骨頂。儂が手塩にかけて育てた部下たちは、百鬼夜廻組の精鋭にすら匹敵するのだからな！」

黒楼は鼻で笑った。

「お前の知識は何百年前でとまっているんだ？　設立された当初ならともかく、今の夜廻組をこんな連中と比べてもらっては困る。――さて、次の相手はどいつだ。ウォーミングアップにもならなかったぞ」

「……は？」

珊瑚が間の抜けた声をあげた直後、周囲にいた黒装束の男たちが次々と倒れる。悲鳴をあげるどころか、刃を交える前に勝負は終わっていた。

しんと静まりかえった広間の中心で、黒楼は退屈そうにあくびをする。

「まあ今の施政局なんてこんなものさ。金と権力こそあれど、それ以外のものがともなっていない。さて、そろそろ終わりにしようか」

「待てっ！　儂はお前を次期大帝に推挙するつもりでいたのだぞ！」

「知ったことか。玉座とは自らの手で得てこそ価値がある」

それが答えだった。殺気を感じとり、珊瑚は防御結界を構築する。

さすがは施政局の重鎮。老いてもその反応速度は目を見張るものがある。結界の強度も申し分なく、夜廻組の隊士であっても手を焼くだろう。しかし、

「あばっ……！」

珊瑚はバラバラに寸断される。枯れ枝のような身体が宙を舞い、鮮血が弧を描く。まるで絵筆で描き殴ったように、朱色の花びらが床に飛び散った。

黒楼の羽織には返り血ひとつ、ついていない。そもそも指揮者のように指先を動かしただけだ。たったそれだけのことで、鬼皇は命を摘むことができる。

「そういえば、あいつに伝え忘れていたことがあったな」

ぽつりと呟き、踵《きびす》を返す。

暗殺を実行したことによる達成感や、罪悪感はない。

黒楼の頭の中にあるのは。

彼方のこと、それだけだ。

3

「初日から色々ありすぎてしんどすぎる……」

お披露目の会場でその後なにがあったのかはよく覚えていない。記憶があるのは黒楼に寄宿舎の部屋鍵を渡されてから。幽鬼のようにふらふらと見知らぬ廊下をさまよったあげく、今ようやく広々としたリビングまでたどり着いたところである。

今いるのは熾天閣の上層、隊士の寄宿舎にあたる区画。彼方にあてがわれたのはその天辺《てっぺん》近くに位置する部屋で、ホテルのスイートルームのごときガラス張りのテラスから万魔京の街並みを一望できる。元々は紫耀が使っていたとのことで、上等そうな調度品がそのまま残されていた。

盲目のあやかしだけに色にこだわりはなかったらしく、茶や白ばかりで色味に欠ける。だが、手ざわりや肌ざわりにこだわって選ばれたもののようだ。ペルシャっぽい模様の絨毯《じゅうたん》も真っ白な毛皮に包まれたソファもすべすべふかふか。顔を埋めていると意識がふっと遠のきそうになってしまう。

夜廻組配属にあたって支給される手当金は、異例の幹部待遇ということもあって目ん玉が飛び出そうになるほどの額だった。彼方としては当然そのほとんどを兄の病気を治すための資金に充《あ》てるつもりだが、多少は生活環境を整えるために使ってもいいだろう。なにせ幼いころから貧乏引きこもり生活で、贅沢品《ぜいたくひん》のたぐいはショーウィンドウ越しに眺めるしかなかったのだ。せめていい石鹼《せっけん》とか化粧水とか、花柳院トワとして恥ずかしくない程度には身だしなみに気を配っておきたい。

緊急招集時の迅速化などを理由に、原則として独身の隊士は寄宿舎に住むことが義務づけられている。そういう意味でもひとり部屋なのはありがたかった。黒楼から規則の説明を受けたときは相部屋を覚悟したし、女だとバレないように着替えや入浴は気をつけないとなあと億劫《おっくう》でいたから、今は安堵のあまり脱力しているところである。

ちなみに黒楼に路地裏まで引っぱりこまれたときに落とした鞄は、これまた道端《みちばた》に置き去りにしてしまったクロともども、明日の昼ごろ部屋に着くという。

新入りなのに一番隊の隊長に任命されてしまったとか、そのせいで明日からやらなきゃいけないことが山積みとか、悩みの種は尽きないものの……さすがに疲れて頭がまわらなかった。部屋の隅に置いてあった白い寝巻きは紫耀のものにしては小さいから、自分のために用意されたものだろう。さらしのせいで胸もとが苦しいし、着替えてさっさと寝てしまうか。

だが……彼方は羽織を肩にかけたまま、ガラス張りのテラスに映る自分の姿をしばらく眺め続けていた。この息苦しい格好から着替えたとたん、シンデレラにかけられた魔法は消《き》え失《う》せて、陰気で冴えない彼方に戻ってしまう。完璧な『トワ』を演じようとすることで、憧れていた兄がすぐそばにいるような錯覚に陥って——だからこそこうして憔悴《しょうすい》しきっていても、この倒錯的な夢の世界に浸っていたいのかもしれない。

また意識が遠のきかけたところで、コツコツとドアを叩く音が響く。彼方があくびをしながらドアを開けると、黒楼が苦笑いを浮かべて立っていた。

慌てて背筋を伸ばし『トワ』に戻る。しかし、

「疲れているなら無理をするな。常に気を張っていると肝心なときにボロを出す。この際だから俺もオフの姿に戻るとしよう」

いうなり、ぼふんと煙。黒いスーツに金のアクセサリをじゃらじゃら。サングラスこそ

かけていないものの、ホスト風お兄さん再びである。

鬼皇の姿のままでいられるより、こちらのほうが話しやすいので助かった。といっても見あげるほど背が高く手足も長く、北欧の王子様みたいな銀髪美青年なので、正体を知った今だと尻ごみしてしまうのは変わらないが。

「お前にいくつか渡しておくものがある。まずは風呂場《ふろば》の鍵だ。あやかしは伝統的に裸の付き合いってのを重視していてな、熾天閣の寄宿舎には大浴場しかない。しかしそれだと問題があるから、俺の部屋のテラスにあるバスルームの鍵を渡しておく。いやあ趣味で作っておいてよかった。たまにひとりで夜空を眺めながら湯浴みしたいときがあってな」

「お風呂どうしようか悩んでいたので助かります——って俺の部屋⁉ シャワー借りるために毎回黒楼様の部屋まで行かなきゃいけないのですか⁉」

「だから鍵を渡すんだろうが。なんなら部屋の合鍵《あいかぎ》も渡すから留守のときは勝手に入って使え。ていうかそんなに信用ないのか俺は」

黒楼はむっとしたような顔をする。信用どうのこうのというより恐れ多くて絶対に無理。ていうかそのへん無頓着にもほどがある。立場が違いすぎるから、この男にとっては妹とか娘、下手すりゃ飼い猫くらいの感覚なのだろうか。

しばらく沈黙が流れた。黒楼の顔にかすかに疲れの色がにじんでいる。思い返してみれば部屋鍵を渡したあとはすぐさまお披露目の会場から出ていったし、彼方が休んでいる間も総長としての職務をこなしていたのかもしれない。

お互い疲れていることを口実に断るべきだろうか。しかしわざわざ気をまわしてくれたのに失礼な気もする。どうしたものかと迷っていると、

「食事も用意しよう。お披露目の席ではほとんど手をつけていなかっただろう」

大丈夫ですと返そうとした瞬間、お腹の虫がグウと鳴ってしまった。

黒楼はふっと笑い、彼方は顔を真っ赤にする。

これほどの失態はそうあるまい。

なるほど。常に気を張っていると、肝心なときにボロを出す。

◇

「これが黒楼様の部屋、ですか。一般的には屋敷と呼ぶレベルの広さですけど……」

「織天閣の天守にあたる部分だからな。俺も普段は総長室のほうで寝泊まりしているし、物置兼趣味の空間といったほうが正しいかもしれん。たまに部下を招いて酒宴を催したりもするし、稽古《けいこ》をつけるための修練用スペースだってある」

黒楼はこともなげにそう説明しながら、彼方を広々としたダイニングに案内する。巨大な杉の一枚板のテーブルが中央にどんと構え、幽世と現世の両界から集めたであろう調度品の数々が几帳面《きちょうめん》に陳列されている。不思議な光彩を放つ幽世の花が卓にちょこんと生けてあるが、その龍牙の花器だけで花柳院家の屋敷がまるごと買い取れるかもしれない。

自分は今、まごうことなき幽世の王子様の御殿に招かれているのだ。

しかも、手ずからお茶を淹《い》れようとしている。彼方は慌てて立ちあがりかけるも、笑顔でやんわり制されてしまう。そして黒楼は令嬢に仕える執事のように、湯気のたつ紅茶と幽世の料理らしきものが盛られた皿を卓に並べた。

「幽世の食材には妖力を高める効果がある。普段からこうして摂取しておけば、お前の資質は今よりさらに伸びるだろう。要するにメシ食ったり茶をしばいたりするのも仕事の内ってことだ。若者らしく遠慮なく食え」

空腹だったこともあり素直に従う。皿に盛られているのはフレンチの前菜やお節《せち》の隅っこにあるような、本当に食べられるものなのか疑うくらいカラフルな一品だ。しかし勇気を出して口に入れてみると凝縮された肉の旨味《うまみ》がじわっと広がり、柑橘類《かんきつるい》を彷彿とさせる爽《さわ》やかな香りが鼻腔《びこう》をくすぐる。見た目のわりにさっぱり系。結局なにを食べているのかさっぱりわからなかったものの、上品な味わいからしてとんでもないご馳走なのは間違いない。

紅茶のほうを試してみるとこれまた香りが一級品。今まで飲んできたお茶はなんだったのかと愕然《がくぜん》としてしまう。おまけに料理ともども妖力を高める効果があるというのだから、食材ひとつ取っても人間があやかしに勝てる道理はない。

おかげでだんだん不安になってくる。あまりにも世界のスケールが違いすぎて、自分が小さな石っころになったような感覚だ。もはや『花柳院トワ』の魔法は完全に解けていて——だからこそ、自然と本音が漏れていた。

「私に務まるのでしょうか。一番隊の隊長なんて」

「お披露目の席で話していたように、紫耀には未来が視えている。だがそれは必ずしも正しいとはかぎらないし、数あるうちのひとつの可能性を示しているにすぎない。大抵の場合よからぬ予感は的中し、希望的な観測はことごとく外れる。お前が決められるのは、そのうえでやるかやらないかだけだ」

彼方は返答に詰まる。立派な隊士になると誓ってから、まだ半日も経っていない。なのに今やすっかり弱腰になっている。あまつさえ『お前なら大丈夫』だとか『未来を信じろ』だとかいうような、甘っちょろい言葉をかけてもらえると期待していたのだ。

黒楼はきっと、そんな彼方の弱さを見抜いていたに違いない。自分のぶんの紅茶をカップにそそいだあと、ぐいと飲み干してからこう言った。

「ついてこい。俺が直々に稽古をつけてやる」


修練用スペースは豪奢なテラスの先にあった。屋外だから頭上をあおぐと、見慣れぬ幽世の夜空が視界いっぱいに広がっている。高所のわりに寒さや風を感じないのは、妖術による結界で制御しているからだろう。

「俺はなるべく手加減してやるが、お前は殺す気でこい。でないとお前は死ぬ」

それだけ実力差があるということか。もはやお風呂を借りるどころの話ではない。

食事をとってわずかに回復したとはいえ部屋に招かれる前から憔悴しきっていたし、弱音を吐いたら励まされるどころか『稽古をつけてやろう』なんて流れになるとは。

だが、甘やかされるよりはずっといい。

彼方はふうと息を吐き、相手と距離を取る。

黒楼はまっすぐに自分を見ている。

見上げるでも見下すでもなく――まっすぐに。

「お前が生まれるよりずっと前、郊外にある貧民街に垢《あか》と泥だらけのうす汚え小僧《ぎたね》がいた。ちったあ自分を磨く努力でもすりゃあいいものを、やることといえば死体漁《あさ》りにどぶさらい。飢えて盗みを働いて、そんで見つかってタコ殴りにされて。悪いのは自分じゃねえ世の中だってメソメソ泣いているだけの、およそ生きる価値のねえクソガキさ」

お披露目の席で紫耀との会話を聞いていたから、誰のことを語っているのかは考えるまでもなかった。できれば内容に集中したいのだが……黒楼が宙を撫《な》でると目の前の石床がパッと割れる。殺気を感じて退《さ》がってなければ、足の先っちょが飛ばされていたはずだ。これで手加減しているというのだから、黒楼という男はまさしく鬼である。

彼方は持てる力のすべてを解放し、身体能力を極限まで強化した。現世にいたころから独学で陰陽道の勉強をしているが、火の玉を出したり稲妻を落としたりというような派手な術は兄ほど得意ではない。だから本気のときはシンプルに、物理で勝負したほうが強いのだ。

黒楼めがけて突っ走り、矢継ぎ早に手刀を放つ。しかしそのすべてをなんなくかわされたあげく、ひょいと足払いで前のめりにすっ転ばされてしまった。

体捌《たいさば》きには自信があっただけに、悔《くや》しさのあまり涙がこぼれそうになる。

「あなたはなぜ、そんなにも強くなれたのですか」

「欲しいものがあったからだ。だからあのとき、俺は俺の未来を信じた」

鬼皇は起きあがるのを待ってはくれない。再び宙を撫でると真空波のような攻撃が次々と飛んできて、彼方は無様《ぶざま》に床を転げまわるはめになった。直撃こそどうにか避けられたものの、夜廻組の羽織はさっそくズタズタのボロ切れに変わり果ててしまった。

殺す気でこいというが、逃げるだけで精一杯だ。

気弱になりかけたとき、黒楼が手をとめて問いかけてくる。

「お前が欲しいものはなんだ」

「……お兄様の未来です。黒楼様もご存じのとおり、私はそのために『トワ』として幽世にやってきました。一番隊の隊長として名をあげれば、兄を救う手立ても当初の想定よりずっと探しやすくなる、はずです」

口にしていて思った。

だったらなぜ、うだうだと悩む必要があるのだろう。

なんだか腹が立ってきた。兄に成り代わると覚悟を決めた。立派な隊士になるとこのひとの前で誓った。なのに気がつけばまた弱い自分が顔を出している。今この場にいるのが本物の『永遠』だったら、一番隊の隊長ごとき臆することなく引き受けたはずだ。それに比べてどっかの冴えない小娘は、弱音を吐いてわざわざ稽古までつけてもらっている。黒楼だって今日は疲れていると知っているのに。

……魔法をかけてもらわないとなにもできないのか？

彼方はよろよろと立ちあがった。

そして背筋を伸ばし、相手をにらみつける。

「手加減するのやめてください。やっぱりちょっとムカつきます」

「いいぞ。俺が欲しいのは、お前のそういう顔だ」

殺す気でいかないと対等になれない。

——なら、ぼくはあなたを殺してやる。

彼方は滑るようにして距離を詰める。黒楼の真空波は直線的で、タイミングさえ見誤らなければ避《よ》けることができた。もっとも伝説の鬼皇がそんな読みやすい攻撃をしてくるはずがないから、通用しないとわかればすぐに難易度をあげてくるだろう。

案の定、懐に入ったところで跳ね飛ばされてしまう。額から血を垂れ流し、彼方はそれをぺろりと舐《な》めた。相手は楽しそうに笑っている。まだまだ余裕がありそうで腹が立つ。

黒楼は再び宙を撫でる。今度は床が割れるどころか陥没した。攻撃が線ではなく面になっている。彼方は床を蹴って夜空を舞った。避けたというより誘いだされたようなかたちだ。跳んだあとは、逃げ道がどこにもない。

彼方はそのまま猪突《ちょとつ》した。空中で身を捻《ひね》り、迫りくる真空波を気合いだけでかわそうとする。かわしきれずに食らい身体中に激痛が走ったが、構わず黒楼めがけて飛びこんでいく。たとえ四肢をもがれて頭だけになっても、喉元に噛みついてやるつもりだった。なにがなんでもこの男に、自分が手加減されるほど弱くはないことを認めさせてやりたかった。

だが、結果は実に切ないものだった。

「おっと。いきなりハグされるとは思わなかったな」

「ち、違う！　こっから華麗な一撃を――離して！　離せえっ！」

相手の胸板に埋もれながらじたばたともがく。

身長差があるせいでだんだん足が宙に浮いてきてしまう。

しまいには泣いた。

黒楼はぱっと手を離すと、床に転がった彼方を見下ろしてカラカラと笑いだす。

「悔しかったら精進しろ。俺はそうやって強くなった」

◇

彼方の傷は致命的というほどではなかったが、自分で扱える治癒術の範囲はおおきく超えていた。そうなると現世で一般的な陰陽道ではなく、幽世のみで普及している『妖術』

の出番である。黒楼いわく大概の人間は適性を備えていないものの、彼方にかぎってはそういった術も習得できるだろうという話だった。

つまり、やることがまた増えたわけだ。

黒楼に妖術で介抱してもらいながら、ついため息を漏らしてしまう。

「焦る必要はない。それだけ伸び代があるということさ」

確かに——と思ったところで、彼方の意識はふっと遠くなった。

◇

「……寝たのか？　あんなに暴《あば》れていたくせに、俺の腕の中で？」

黒楼はちょんちょんと頬をつつく。

だが、猫のような小娘はだらりと手足を投げだしたまま寝息を立てている。

黒楼はその姿を眺めながら、どうしたものかと考えこむ。年頃の娘がこうも無警戒だと不安になってしまう。自分の前でだけなら構わないが、ほかの男に対してもそうなのだとしたらよくよく注意して見ておかなければ。

兄のふりをしているおかげでまだ気づかれていないが、神楽や泉吹とていずれは彼方に興味を示すだろう。葬武にいたってはその稀有な資質を看破し、見苦しい嫉妬をあらわにしていた。

力の強いあやかしは魂の輝きに惹《ひ》かれ、執着する傾向がある。それが憎悪であれ恋慕であれ、彼方の身に危険を招くことに変わりはない。鬼皇である自分とて、できることなら籠《かご》に入れて隠し、この無邪気な寝顔を独《ひと》り占《じ》めしたいと考えてしまうくらいなのだから。

しかし彼方のためにはそうもいかない。資質が花開くのは厳しい環境に身を置いてこそだ。今は蛹から蝶に羽化したばかり。その身はいまだ崩れそうなほどに脆《もろ》い。

忌み子として虐げられてきた過去の呪縛《じゅばく》をうち破り、奥底に眠っていた魂の輝きを解放する――そうして自らの羽で飛びたったときこそ、幼き日に見たあの光景が現実のものとして浮かびあがるのだろう。

ああ、実に楽しみだ。このくすぐったい感覚が続くのであれば、今しばらく待つことも苦にはならない。彼方と出会う前は闇雲に求め、自らの願いを叶えるためだけに『未来』を見据えていた。しかし今こうして穏やかな寝顔を眺めていると、まったく別の感情が湧きあがってくる。それは戦いの中で奪い勝ちとることでしか生きる意味を見いだせなかった、鬼皇にあるまじき変化だった。

「不思議なものだな。ただ与えたいと、願うとは」

ぽつりと呟く。
その言葉は眠れる少女には届かない。
このままもう千年かかろうとも、黒楼はきっと待ち続けるだろう。

三章　初任務

1

「彼方は友だち作った？」

幼い永遠の顔。

優しい兄はときに残酷なまでに無邪気だった。

さすがにゼロとはいえない。

でも、嘘をつくのもプライドが許さなかった。

「永遠とクロがいるからいらない」

「ぼくとあいつをカウントしちゃダメだろ。なんかいつもクラスでひとりでいるみたいだし、ちょっと勇気を出して誰かに声かけてみなよ」

みんな誤解しているだけだから。

君のことを知ればきっと仲良くなれるさ。

無邪気な兄の笑顔を眺めていると、意識はすうっと宙に浮かんでいく。

視界に映る光景は古い写真のようなセピア色に染まっていき、場面は教室の一コマに移り変わる。彼方の前にあるのは、クラスメイトの輪の中に飛びこんでいこうとするちっぽけな自分の背中だ。

その後どうなったかはよく覚えている。兄の発言を恨んでいるとか無責任だとか思っているわけではないけど、今でもこうして夢に出てくるほど根に持っていることは事実だ。

あのときもし――震える声で誘った自分を茶化《ちゃか》したり馬鹿にしたりせず手を取ってくれるクラスメイトがいたなら、友だちを作ることに今ほど臆病《おくびょう》にはなっていなかったはずである。

永遠のように振る舞えたら、みんな仲良くしてくれたのだろうか。今こうして夢の中で比べてみると、顔はそっくりなのに愛嬌《あいきょう》がなさすぎて愕然としてしまう。私がもしクラスメイトだったら、この陰気な女の子と友だちになりたいとは思わない。

彼方のままではだめなのだ。

だから私は、トワにならなくちゃ。

◇

百鬼夜廻組、一番隊隊長。そのデビュー初日は朝から最悪の気分だった。

夢見が悪かったから、というだけではない。

午前中は部下となる五名の隊士と顔合わせになるはずだったのだが、集合場所である一番隊の稽古場には誰もいなかった。紫耀の後釜《あとがま》が実績のないど新人、しかも『弱っちい人間ごとき』とあっては、初日からボイコットが起こったとしても不思議ではなかった。

ところがである。状況は思っていた以上に深刻だった。

「全員が転属とはどういうことですか？　葬武殿」

「いちいち説明しなきゃならないほど頭の回転が悪いのか、君は。一定年数の勤続経験がある隊士は、自らが希望する別の隊に転属願を出すことが認められている。当然すべてが受理されるわけではないが、余のほうで本人たちと面談した結果、双方の希望に合致すると判断したため、正式に書類を提出し全員が五番隊に配属されることになった」

「だからってまるごとはあまりに」

「むろん余としても心苦しいかぎりではある。しかしトワ殿はあの鬼皇と紫耀殿が認めた逸材。まさか手が足りない現場がまわらないと無様にわめきだして、あたふたする姿を衆目に晒《さら》すことはありますまい」

葬武は片眼鏡をくいっと直しながら嫌味ったらしく笑う。

お披露目の席での態度から嫌がらせくらいはしてくるかもしれないと懸念していたが……即座に全隊士を引き抜くとは無体にもほどがある。新参者を孤立させつつ自陣の強化を図り、隊士の意志と規則を盾にすることで反論の余地すら封じている。

彼方は見通しの甘さを痛感した。自分より優位に立つ相手が安全圏から蹴《け》っ飛《と》ばしてくるのが社会というものの厳しさだ。それは幽世でも変わらないし、なんなら人間であるぶんスタート地点からおおきく後れを取っている。

今この場にいるのが『永遠』ならすぐさま妙案を閃《ひらめ》いて、葬武をギャフンといわせたあとで気障《きざ》な片眼鏡をすっ飛ばすだろう。完璧な兄を演じたいのは山々なのだが、あいにく彼方は策を弄してどうのこうの、というのが苦手である。

では、どうするか。たとえ『本物』のようにはできなくても。

憧れ続けていた兄のように、強く在れ。

「新たに補充しなければならないほど、そちらの隊は手が足りていないのでしょう。ほかにできることがあればおっしゃってください。私としてはまだまだ余力がありますから」

にこやかにそう告げると、狙《ねら》いどおり葬武は不愉快そうに顔を歪《ゆが》めた。

◇

自室に戻ってきたとき、彼方は早くも途方に暮れていた。

わかりきっていたことだが、ズボラで短気な自分が完璧な兄を演じるのは無理がある。男のふりをするどうこう以前に、中身のスペックが違いすぎるのだ。

ソファに座り、肩にかけた夜廻組の羽織をぎゅっと抱えこむ。幽世の素材とあって、稽古のときにズタボロになった生地《きじ》は一晩で元どおりに修復されている。

勇気を出して踏みこんでみたところで、うまくいくとはかぎらない。それでもあがき続けることが大事なのは黒楼から教えてもらったし、だからこそ後悔のない道を進むために今こうして努力しようとしている。

とはいえ、わかっていたところで不安や心細さが消えてなくなるわけじゃない。こうしてひとりぼっちで逆境にいると、病に苛《さいな》まれながら平然と振る舞っていた兄のすごさをつくづく思い知る。ことあるごとに心の底から湧いてくる悪い虫にちくちく刺されながら、それでも揺るがず前に進んでいく人間のことを『芯が強い』というのだろう。

羨《うらや》ましい。

いや、そんなふうに思ってしまう時点で芯がぐにゃぐにゃである。

「相変わらず辛気《しんき》くせえ顔だな。まったく先が思いやられるぜ」

「……クロ⁉　いつのまにここへ⁉」

かたつむりみたいに体育座りしていたら、目の前に狼のあやかしが立っていた。かつては兄の永遠に仕え、今は彼方の式であるモフモフ少年。

「手荷物といっしょにさっき到着したところだよ。あのクソ王子様にぺしゃりとやられたときはどうなるかと思ったが、お互い無事でいられてなによりだ。して、状況はどうなっている。泣きたくなるほどやばいのか？」

これまでの経緯を説明する。といっても黒楼との個人的なやりとりは語らず、幽世にやってきてからの立ち位置の変化や今後の問題について手早く。

「いきなり隊長に抜擢されるとか順風満帆じゃねえか。部下をまるごと引き抜かれたのは痛いところだが、当面は地道にコツコツ周囲と信頼関係を築いていくほかあるまい。わかったらさっさと友だち作れ」

「簡単にいわないでください。こちとら万年ぼっち女ですよ」

「今のお前は『トワ』だろうに。あやかしの俺がこんな話をするのもなんだが、男同士の友情ってのは女子のグループよりずっとやりやすいぞ。言葉の裏を読んで疑心暗鬼になることもなく、シンプルに拳《こぶし》と拳でぶつかりあう。男社会なんて狼の群れと大差ないからな」

クロの説明は腑《ふ》に落ちるところがあった。

かつての兄もあくまで自分の経験則から『お前ならできる』と太鼓判を押してきたので

あって——女子グループ特有のまだるっこしくて複雑怪奇な人間関係を知らないがゆえの食い違いであったのかもしれない。

「理解できたんなら背筋を伸ばしてしゃんとしろ。気が抜けているのか彼方が表に出てきているぞ。どうせ俺がいない間もひとりでびーびー鼻水垂らしながら泣いていたんだろ？　それともお優しい鬼皇サマに慰めてもらったか？」

「泣いてませんし慰められてもいません。むしろ弱音を吐いたら稽古でボコボコにされました。あのひとはお兄様と違ってお優しくありません。まさに鬼です」

「マジかよ容赦ねえな。まあでもお前、甘やかすと図に乗るからなあ……」

いやそんなふうに呆れられても。お兄様はともかくクロに甘やかしてもらった記憶は一度もありませんが。だいたい小言か皮肉しか返してこないじゃん。

ともあれこの程度のことで心が折れていたら、立派な隊士になるなんて夢のまた夢である。やっぱり忌み子だから、とかなんとか言いわけして——自分で決めた目標から逃げていたら、幽世に送りだしてくれたお兄様に顔向けできない。

そういうのをぜんぶ撥《は》ねのけるために、私はここにきたんじゃないか。彼方は自分の胸にいい聞かせるようにさらしをきつく巻き、いつも以上に凛々しくあろうと姿勢を正す。

忘れるな。今の自分は花柳院トワ。

誰からも愛され敬《うやま》われる、理想の隊士であらねばならないのだ。

◇

燈天閣寄宿舎、総長室。

白を基調とした楕円形《だえんけい》の部屋の一角に置かれているのは、背の高い書架、棚に並べられた感謝状やトロフィー、革張りの椅子《いす》に表面が磨かれた黒い霊樹のデスク。一国の大統領さながらの重厚な空間ではあるものの、山積みになった報告書や嘆願書が雰囲気を台なしにしている。

黒楼は腹の底から絞りだしたようなため息を吐く。

昨日は結局すーすー寝ている彼方を起こしてシャワーを浴びるようにいい聞かせ、自分はさっさと部屋から退散し総長室で雑務をこなしていた。

つまりあれから一睡もしていない。

なのに片づけなければならない案件は増える一方だ。万魔京の治安を守るためなら仕方ないと割り切れるが、本来なら総長の負担を減らすべき隊士たちまで問題を起こすのだから困ったものである。

彼方を一番隊隊長に抜擢すれば周囲の反感を買う。そこまでは予想していたが、よもや隊士全員が転属願を出すとは。いっそ総長権限で却下してやろうかと考えるが、そんな真似《まね》をすればいっそう風当たりが強くなってしまう。そもそも厳しく接すると決めたのだから、あの娘なら実力で撥ねのけると信じてどっしり構えているべきなのだ。

とはいえ……幽世にきたばかりで右も左もわからない状態で、初日から孤立してしまうというのは過酷すぎやしないだろうか。相談しようとか助力を求めようとかするかと思いきや、当の彼方はさっさと巡回任務に向かったと報告があった。せめて励ましの言葉ひとつでもかけてやりたかったのに、あの娘も覚悟を決めるのが早すぎる。我ながら矛盾しているとは思うものの、手を貸す余地がないというのもそれはそれで寂《さび》しいものだった。

そこで違和感を覚え、黒楼は形のよい眉をぴくりと動かす。椅子をくるりと回転させ、デスクの脇《わき》にある書架に視線を移す。夜廻組の活動が記録されたファイルが保管されているのだが、なにせ設立から今日まで未整理のままなので、一冊引き抜こうとするだけで雪崩《なだれ》が起きそうなほどギチギチに詰まっている。

「……のぞき見とは趣味が悪いな。紫耀」

「思い悩むあなたの姿が珍しかったので、ご挨拶するのを忘れていました」

背の高い書架が音もなくスライドし、隠し部屋に潜んでいた盲目の剣士が顔を出す。百鬼夜廻組の羽織を脱ぎ、現世風のスーツに身を包んでいるが、なにを考えているかわからない微笑は相変わらずだ。むしろカタギのようにびしっと決めた今のスタイルのほうが、詐欺師《さぎし》めいたうさんくささを漂わせている。

だが、紫耀の行動原理は実にわかりやすい。

この男は『変革』を求めている。

つまりはそれが黒楼であり、そして彼方なのだ。

「まったく昨日は大変でした。幼いころから面倒を見てきた総長様に血も涙もない辞令を出されたあげく、その場で即日解雇されることになろうとは。おかげで今日も愛する妻と我が子のために家族サービスです」

「当てつけのような演技はやめろ。その後、施政局のほうはどうなっている」

「そりゃあ天地がひっくり返ったような大騒ぎですよ。なにせ現職のトップが暗殺されたのですから、連中は目の色変えて犯人探しにやっきになっています。容疑者はいうまでもなく炎魔の血を引く皇子たち。おかげで今朝から対応に追われているようですね」

紫耀はペラペラと調べてきたばかりのことを報告する。

さすがの手際と唸《うな》らずにはいられない。

そう、この男が百鬼夜廻組を退く――というのは真っ赤な嘘。彼方の覚醒《かくせい》をうながすために一番隊隊長の席を空けつつ、紫耀には新設されたばかりの隠密部隊、名づけて『零番《ゼロ》隊』の指揮を任せるために打った策だったのである。

黒楼が仕事の手をとめて調査報告書に目をとおしていると、

「しかしあなたは早い段階で容疑者の候補から外されたようです。理由は考えるまでもありませんよね。暗殺というのは邪魔者を排除するために行うことですから、普通に考えれば得をする連中がやったとみるべきだ。百鬼夜廻組の支援者であり、第六皇子『黒楼』を次期大帝に推挙しようとしていた施政局の重鎮を、その恩恵に与《あずか》っていた総長自ら手にかけるはずがない」

「これで鬼皇は王の座からひとつ遠のいたわけだな。最強と呼ばれようともその足もとは盤石なわけではない。資金力や上位階級の支持においては依然としてほかの皇子たちのほうに分がある。俺のことを愚かだと思うか？」

「いえ、決断の早さを見て確信を強めました。あなたは彼方様の安全と玉座を天秤《てんびん》にかけようとさえしなかった。もちろん最初から目的が『そちら』にあることは存じていましたが、権力というのはときに純粋なまなこを曇らせるものです。しかしあなたは変わらなかった。守るべきものを守り、討つべきものを討つ。そういう気高さこそが、新たな時代の王に求められるべき資質なのです」

黒楼はふんと鼻を鳴らす。そんな理屈は露ほども頭になかった。彼方が道を切《き》り拓《ひら》くうえで、障害となりうるものはどのような犠牲を払ってでも排除する。忌み子として蔑まれてきた少女に、生きる意味を教えてやることこそが俺の目指すべき道なのだ。貧民街で泥水を啜《すす》っていたうす汚い少年が——未来の君にそうしてもらったように。

「ちなみに様子を見にいくとかはだめですからね。容疑者リストから外されたとはいえ下手に動くと勘づかれるかもしれませんし、当面は外出を控《ひか》えてください。それに彼方様にかかりっきりでいたぶん雑務が溜まっているでしょう」

「ぐっ……。巡回任務の最中になにかあったらどうする」

「実力で撥ねのけると信じて、どっしりと構えておくほかないのでは?」

黒楼は眉間《みけん》に皺《しわ》を寄せて黙りこむ。

陰ながら見守るというのは存外に難しい。

よもや自分が、こんなにも心配性であったとは。

◇

百鬼夜廻組という名が示すとおり、隊士の主な業務は街中の巡回である。

発足当時は手の足りなさもあって夜のみに限定されていたが、現在は万魔京の各区画を隊ごとに割りあて、昼と夜の交代制で任務にあたっている。もっともかつては総出で行っていた巡回も長い年月を繰り返すごとに形骸化《けいがいか》し、隊を率いる長たちにいたっては街中へ巡回しにくることは滅多にない。大抵は部下に丸投げ。神楽がたまに巡回を口実に繁華街へ繰りだすくらいだろう。

だから、彼方の姿はめちゃくちゃ目立った。

あの鬼皇が、紫耀が認めた逸材というだけでなく、そもそも人間自体が珍しい。現世に行くあやかしは多かれど、幽世に来る人間は滅多にいない。よっぽど腕が立つ陰陽師か物好きな商人か学者だけ。つまりそれだけ治安が悪くて危険な場所なのである。

現世ではあやかしは野蛮な存在とよくいわれていたが……これまでに何度も目の当たりにしたように、文化水準そのものは現世と同じかそれ以上。ただ完全なる実力主義で、道徳観念や奉仕精神がまったく通用しない弱肉強食の世界ゆえに、温室のような常識の中で生きてきた学者先生は顔をしかめてしまうわけだ。拳と拳でぶつかりあうどころではない。万魔京は戦国時代さながらの修羅の都である。

「ひっひっひ！　見るからに弱そうだなあ、お前」

「百鬼夜廻組も地に落ちたもんさ。こんな人間のガキを――おっぷ！」

熾天閣を出てすぐのこと。見るからにガラの悪いあやかしたちにさっそく首根っこをつかまれた。彼方は表情ひとつ変えず、相手の巨体をくるりと回転させてみせる。新入りでしかも人間とはいえ、夜廻組の羽織をまとった隊士に因縁《いんねん》をつけてくるのだから、それなりに腕に自信のある連中なのだろう。しかし黒楼に比べたら隙だらけ。立ちあがって刀を構える姿を見るにまだやる気のようだが、この程度の手合いだと腕試しにもなりはしない。

彼方はすました顔のまま、右手で宙を撫でる。直後、あやかし連中の刀が根本から折れてカランと地べたに転がった。連中はなにが起こったのかわからないような顔をしていたものの、やがて悲鳴をあげて一目散に逃げだした。

(……いつのまに覚えた。そんな術)

(黒楼様が稽古のときに使っていた妖術です。やってみると案外できるものですね)

影の中に潜んでいるクロがため息を吐く。見よう見まねで覚えたわりにはよくできたと思っているのだが、まだまだ未熟ということだろうか。兄の式として長らく仕えていただけに、このワンちゃんもだいぶ目が肥えているらしい。

気を取り直し宙に浮いた街路を進んでいく。屋形船のうえから眺めたときもそうだったが、実際に歩いてみるとあまりに異様な景観にめまいを覚えてしまう。

いたるところに仏閣のような木造建築。しかも京都や奈良にあるような落ち着いた色合いではなく、南国の花々を思わせる派手な御殿ばかりなのだ。それが白い石造りの、曲がりくねった道に沿って生えている。ＡＩがダリとピカソと葛飾北斎《かつしかほくさい》を学習して風景画を描いたらこんな世界になるかもしれない。

幽世のガイドブックによると――あやかしの祖がこの地に現れたばかりのころは、都市と呼ばれる概念は存在しなかった。個として優れる彼らは文明というものを必要とせず、原始的な生活様式のままでも豊かな暮らしを享受《きょうじゅ》することができたわけである。

しかしあるとき『炎魔』なるあやかしが天上から舞い降り、様々な知識を持ちこんだ。それは文字からはじまり、絵画や音楽、華やかな舞や衣装、贅《ぜい》を尽くした料理……ありとあらゆる娯楽を伝え、自然の中で無為に過ごしていたものたちの中に『欲』という感情を芽生えさせた。こうして数多《あまた》のあやかしが炎魔のもたらす知識を求め、この地に最初の都市を築いたのだという。

そんな歴史背景もあってか、今も昔も万魔京で暮らすのは享楽的で欲深なあやかしたちばかり。成りあがり目的の根なし草が集う最下層はとくにその傾向が強く、毎日のように騒動が起きているらしい。

つまりは「新人研修にもってこい」の場所、ということだ。

まず入り口の白い鳥居が半壊したまま放置されていて不安を誘う。さてどこから見回りしようか——と足を踏み入れた直後に巨大な火柱があがるのが見え、慌てて現場に向かって全力疾走するはめになった。あやかしの街だから騒動の規模が違う。雷獅子と雪女の痴《ち》話喧嘩《わげんか》で三軒の家屋がまとめて吹っ飛んだりするのである。

「と、とんでもないところにきてしまった……」

汗で湿った髪をかきあげながら呟く。早くも手が足りない現場がまわらないと叫びたくなるが、往来であたふたとすれば葬武の耳に届くかもしれない。トワとして醜態を晒せばそのまま兄の評判を損《そこ》ねることになるわけで、いかなる激務であろうが悠々とこなさなければならない。

病気を治す手立てを探すのはもちろん——それが達成した暁には借り受けた今の立場を明け渡すことになるのだから、そのとき『根こそぎ部下を引き抜かれたぼっち隊長』のままだったら格好がつかない。むしろできるかぎり最高の環境を作っておくのが、健気《けなげ》な妹の果たすべき務めではなかろうか。

そう考えると俄然《がぜん》、燃えてきた。相変わらずあちらこちらで爆発音や雷鳴がとどろき、そのたびに捕物や成敗や仲裁に乗りだすはめになったものの、彼方の顔は次第に幼い子どものような笑みに変わっていく。

揺るぎない『推し』である兄のために。

理想とする『トワ』の姿を演じる。

楽しい、かもしれない。

たぶんこれが私の見つけた、新たな生きがいなのだろう。

2

遅めの昼食がてらいったん休憩しよう。

そう思い茶屋の店先に腰を落ちつけたときには、幽世の太陽はずいぶんと低い位置にあった。もともとが血のような赤い空だから、夕方になっているのがわかりづらい。

閉店間近とあって縁台にいるのは自分だけ。朱色の傘越しに喧騒《けんそう》まみれの街並みを眺めつつ、よもぎ団子によく似た串焼《くしや》きにかじりつく。身体の芯から痺《しび》れるような疲労に素朴な甘みがじんわりと広がり、彼方はようやくひと心地つくことができた。

さらしにも慣れてきたが、さすがに一日中つけっぱなしの走りっぱなしだと胸もとからきしむような痛みが響いてくる。身体のコンディションとしては最悪に近いのだが、存外に気分はよく、往来でおおきなあくびをしてしまう。

長らく軽んじられてきた彼方にとって、他者に感謝される経験は実に得がたいものだった。最下層に住むあやかしはカッとなりやすい一方でまっすぐな心根を持つものが多く、大概の騒動はあとに尾を引くことなく解決できた。そういう竹を割ったような気風も含めて、新人研修にはもってこいの場所なのだろう。

通りの向こうからパタパタと若い娘のあやかしがやってきて、彼方の隣に腰かける。ピンクがかった金色の巻き毛、鮮やかな翡翠色《ひすいいろ》の着物。随所にちりばめられた花の染めつけを見るに、幽世であっても相当に高価な召しもののはずだ。彼方よりいくらか背が高く、女性らしい丸みを帯びた身体つきをしている。

美しいというよりは可愛い。腹違いの妹である日向に近いタイプだが、派手な服装のわりにけばけばしさがなく、優雅な所作もあってずっと上品な印象を受ける。あやかしらしい特徴は尖《とが》った耳と背中にちょこんと生えた羽くらいで、幽世のみならず現世の男子諸君からも高い支持を集めそうな容姿である。

ぼんやりと眺めていたら、いきなりぎゅっと腕を握られる。彼方はびっくりして身を引いてしまう。自分が男の格好をしていることをすっかり忘れていた。ずいぶんと情熱的なナンパだが、幽世ではこれが普通なのだろうか。

「その羽織、夜廻組の隊士さん？　そういえば人間が配属されるって聞いたかも。殿方にしては可愛らしいお姿ですけど、きっとお強いのでしょうねえ」

若い娘のあやかしは手を口に当ててコロコロと笑う。

無言で会釈を返すものの、内心ではどうしたものかと困り果ててしまう。仕事中に見知らぬ女性から誘いを受ける――ただでさえ厄介な状況なのだが、なんと話はそれだけでは終わらなかった。

「突然で申しわけないのですけど、あたくしと駆け落ちしてください」

「はい？」

名前も知らないのに。さすがに色々すっ飛ばしすぎでは。

慌てて断ろうと立ちあがりかけるも、相手はがしっと腰にしがみついてくる。

しかも、通りの向こうから新たなあやかしがやってきた。ぴしっとした黒のスーツ。白髪まじりで、真っ赤な面をつけた鬼の男性である。

「お嬢！　ようやく見つけましたぞ！　って誰だその男はっ！」

「かねてからお話ししておりました、あたくしが心に決めたお方ですわ！　知りあって間もないですけど、すでに何度も逢瀬《おうせ》を重ね……お腹の中には愛の証が」

「なんですとっ！　それを知ったら、許嫁《いいなずけ》様がなんとおっしゃるか」

「そんなの知ったこっちゃねえですわ。爺《じい》やだって『あいつはどうも気に食わん』って反対していたではありませんか。とにかく駆け落ちしますので婚約は解消！　お父様にはそうお伝えくださいまし！」

「あ、あの。急な話でなにがなんだか――」

「わかりました。爺やはいつだってお嬢の味方。その男と幸せになってください」

待って。そんなにあっさりと受け入れないで。

しかし割って入ろうにも、あやかしの娘が蛇かなにかのように絡みついてくる。彼方は脱げそうになる服を押さえるのに精一杯。自分が女であることがわかればお腹の子については嘘だと証明できるものの、そうすると今度は別の嘘が明るみに出てしまう。

結局、爺やがすごすごと去っていく様を見送るしかなかった。

彼方はしばし呆然としたあと、あやかしの娘を強引に引き剝《は》がす。相手は「あらやだ」と乱暴な手つきに不平を漏らしたが、すぐにケロッとした顔に戻って楽しそうにいった。

「おかげで助かりました。さてこれからどうしましょ」

「まずは説明してください。いや、その前に――」

自己紹介ですかね。と、引きつった笑みを返す。

完璧な『トワ』を演じるのも楽じゃない。

普段の彼方だったら、すでにこのピンク頭をどついていたはずだ。

あやかしの娘は桃夏《トウカ》と名乗った。

万魔京でも屈指の資産家、富嶽家《フガクけ》の長女。齢は七十半ば。人間の基準からするとだいぶ年嵩《としかさ》だが、あやかしの中では『若い』といって差《さ》し支《つか》えない程度。ただ貴族の令嬢としては結婚していてもおかしくない歳ではある。

爺やとの会話を横で聞いていたのでだいたいの事情は把握していたものの、あらためて彼女の口から詳細を語ってもらうことにする。いわく、

「お父様が婚約者を決めたのは今から十年前。あたくしは万魔京の学術院を卒業したばかりで家庭に入るつもりはなかったのですけど、その方は容姿端麗で家柄がよく、そのうえご職業も……」そこで夜廻組の羽織を見たあとすっと顔をそらし「申しぶんなかったので勢いで了承してしまったのです」

「ではなぜ今になって、駆け落ちなどという妄言を吐いてまで解消を？」

「実はあたくしにはやりたい仕事があり、結婚したあともその職業を続けるつもりでいたのです。しかしその方は相当な堅物でして『女という生きものは黙って夫を支えるもの。外で働くなんて見苦しい真似をする必要はない』と笑いだす始末。その時点ですぐさま婚約の解消を願いでたのですが……その方はまったく取り合わず、あまつさえ『メンツを潰

すつもりか』と怒りだしてしまったわけで」

話を聞きながら内心で嘆息する。あやかしといえど上流階級ともなると女の立場は弱くなるものなのだろうか。父親の龍之介を彷彿とさせる時代錯誤な婚約者といい、スキャンダルの内容が現世にいたころと大差なくて興醒《きょうざ》めもいいところだった。

とはいえ桃夏が抱えている問題は、考えようによっては彼方の身にも起こりえた未来のひとつである。強引なやり口で巻きこまれたことには腹が立つものの、彼女の心情を理解できるだけに他人事として切り捨てるにはためらいがあった。

「ちなみにやりたい仕事とは？」

「トワ様は術具のたぐいを所有しておりますよね。夜廻組ですと羽織や印籠がそれにあたります。ああいったものを開発しているのがあたくしでございまして、現世風にエンジニアといえば伝わりやすいでしょうか」

「え、めちゃくちゃすごいじゃないですか。だったら絶対に続けたほうがいいですよ」

「嬉しいことをいってくださいますのね。もしよろしければ普段使っている工房までご案内いたしますけど。このまま茶屋でくつろいでいるわけにもいきませんし、目を離した隙にさっと逃げられても困りますからね」

桃夏の言葉につい苦笑いを浮かべてしまう。どう考えてもややこしい問題に発展しそうだし、首を突っこむ義理はないのだから今すぐばっくれたほうが賢明である。しかしこの場にいるのが兄だったら彼女を見捨てたりはしないだろうし、彼方としても『女だから』というだけでやりたいことをやらせてもらえない境遇をよしとするわけにはいかなかった。

駆け落ちなんてするつもりはないものの——話を聞くかぎり偏屈な男との婚約が解消できればいいわけで、それが達成できるまで恋人のふりをするくらいなら問題ないだろう。術具の工房というのも興味があるし、そういったものを開発するエンジニアと交友を深めておくのも悪い話ではない。

ではいったん場所を変えましょうか。そう告げて茶屋の縁台から立ちあがった直後、羽織の内側がぶるぶると震えた。桃夏に目配せしたあと、彼方は羽織の内ポケットの印籠を手に取る。実はこれ携帯端末的な機能があり、有事の際は熾天閣から連絡がくるのである。桃夏の仕事ぶりがどれだけすごいかを端的に示している術具といえよう。

通話の相手は黒楼だった。タイミング的に嫌な予感はしていたが、

『任務初日に女絡みで問題を起こすとはさすがだな。お前が富嶽家のご令嬢をかどわかしたあげく孕《はら》ませたとお父上ご本人からクレームがきている』

「まさかそれ信じたわけじゃないですよね？　爺やはぼくのことを知らなかったのか気が

動転していたのか信じこんじゃいましたけど、普通に考えたら幽世に来たばかりでそんな真似をするのは不可能ってわかりますでしょうに」

『そうだな、俺としては「別の理由」からも事実無根だとすぐに判別できる。まあ所詮は貴族の小娘の色恋沙汰《ざた》だ。普通に考えりゃ熾天閣に戻ったあとでコソコソ噂されたり、神楽あたりがすれ違いざまにウザ絡みしてくる程度だろう』

しかしそのあとで鬼皇はこう続けた。

『だが……今回にかぎっては相手がよくなかった。葬武のやつが独断で部下を集めたあと、お前を絶対に殺してやると息巻きながら熾天閣を出たらしい。できれば今すぐ助けにいってやりたいが、あいにく俺は諸事情で総長室に缶詰の状態でな。それに男のメンツだなんだの話になると、総長であっても横から口を出すのは難しい』

「待ってください。なぜに葬武殿がブチギレ状態になるんですか？」

『婚約者を奪われたのだから当然だろう。まさかお前、知らなかったのか』

彼方はむっつりと黙りこんだあと、隣で聞き耳を立てていた桃夏を見る。

あ、顔をそらしやがった。

さては都合が悪くなるからしらばっくれていたな、この女。

『そんなわけですまないが死なないように頑張れ。俺はお前が勝つほうに賭けたから、あいつをボコボコにできたら褒美《ほうび》をやる』

プツリ。彼方は印籠を地べたに叩きつけそうになってしまった。

桃夏もさすがにバツが悪そうな顔をしていたものの、やがてその場で静かに土下座を決めた。さすがは貴族のご令嬢。ある意味めちゃくちゃ潔い。

するとしびれを切らしたのか、影の中に潜んでいたクロがどろんと現れる。

桃夏がわあと可愛らしい悲鳴をあげる中、

「で、どうするのだ主。はっきりいって買うには利がなさすぎる喧嘩だぞ」

「そうはいっても尻尾《しっぽ》を巻いて逃げるのは格好がつかないし、ある意味これはチャンスかもしれない。クロだって今朝いっていたじゃん。男社会なんて狼の群れと大差ないって」

彼方の口もとが自然とほころんでいく。

完璧な兄なら。

理想とする『トワ』であれば。

「シンプルに拳と拳でぶつかりあう。それで、誰がボスか教えてあげなくちゃ」

◇

百鬼夜廻組五番隊隊長、葬武。幼いころから術師として頭角をあらわし、稀代《きたい》の天才と謳《うた》われた万魔京最強術師の一角である。

万魔京の学術院に入学する前から数々の功績をあげており、中でも有名なのは当時さほど普及していなかった『陰陽道』なる術式体系を一冊の書物にまとめあげたことだろう。

生来の資質におおきく依存する妖術と異なり、正しく修練を積めば妖力の乏《とぼ》しいあやかしであっても様々な奇跡を扱える――その利便性の高さから幽世のみならず現世においても爆発的に流行し、人間たちの間に『陰陽師』なる職業を生みだした。

しかし数多の名声を我がものとしたのは過去の話。当時の最年少記録である齢五十で夜廻組配属を決めたのが最盛期、以降はこれといった功績をあげていない。その間に神楽、泉吹といった若手が台頭し、最近の若い隊士の中には葬武の著作を読んだことのないものすらいるという。

だから、焦っていた。幼いころから順風満帆だったがゆえに、遅れてやってきた最初の挫折《ざせつ》を受け入れることができない。性格はどんどん攻撃的になり、劣等感を上塗りするようにプライドは肥大化していく。

余は天才だ。周りの連中は無能ばかりだ。なぜ総長は、紫耀殿は、ほかの隊士ばかり重用するのか。誰かが見ていぬところで陰口《かげぐち》を叩いているに違いない。ならばこちらも応戦だ。死ね死ね死ね。どいつもこいつも、死んでしまえ。

そんなとき、現世からひとりの人間がやってきた。

なまじ術師として優秀で、膨大な知識と感性を備えているからこそ——乙女と見まごうほど華奢《きゃしゃ》で頼りない少年が、自らの積みあげてきた価値を根底から揺るがす存在であることを察してしまう。

真の天才。稀代を超えた、前代未聞の資質。

しかし葬武の弱りきった精神は、その残酷なまでの事実を直視できない。かつての輝きを失った瞳に宿るのは、あまりに幼稚で身勝手な『敵意』だけである。

「余の招集に応じたのは何名だ」

「俺っちを含めた元一番隊のメンバーが丸々ってとこっすね。正式に異動が決まるまで仕事がなくて暇ってのと、あの新入りをいっちょ可愛がってやりたくて集まる感じっす。なんなら夜廻組から追いだして空いた隊長の席に収まろうっていうか、まあそんな打算的な理由もあるんで意外と士気は高いっすよ」

一つ目小僧のあやかし、壱葉《イチヨウ》がすらすらと報告する。小柄で身体の線が細いものの、長らく紫耀のもとで一番隊の副長を務めていた有能な男だ。

葬武は眉間に皺を寄せたまま考えこむ。かねてからの配下である五番隊の連中が揃って無視を決めこんでいるのは腹立たしいかぎりだが、相手は人間ひとりなのだから戦力としては多すぎるくらいだろう。

百鬼夜廻組において、隊士同士による決闘は認められている。個々のわだかまりによって連帯行動に影響が出ないよう、気に入らないことがあるなら拳で語りあえという、実に漢《おとこ》らしい規則である。

あの小生意気な許嫁がよりにもよって新入りの小僧に寝取られたと聞いたときは怒りのあまり卒倒しかけたが、そのおかげで表立ってぶちのめす口実を得られたのだ。婚約を破棄しようとしたことについては許してやるとしよう。

今後はこのような問題を起こさぬよう、熾天閣の自室に檻《おり》を作って飼ってやる。余の素晴らしい功績を毎晩耳もとで囁いてやれば、いずれは自ら望んでこうべを垂れるはずである。

「五番隊の使えんカスどもといい、最近の若いあやかしは余に対しての敬意がまったく足りていないからな。あのトワとかいう小僧はいわば贄《にえ》。服を剝いだあとで逆さに吊るし、貧相な男の部分を鋏《はさみ》でちょん切ってから、郊外の花街に売り飛ばしてくれよう。そうすればほかの隊士も、あらためて余の恐ろしさを思い知るはずだ。はっはっは！」

「手下を引き連れて気に食わない新入りを囲んでしばこうって発想からして完全に最下層のチンピラっすから、堕《お》ちるならとことん堕ちたほうが隊長としての存在感を出せるかもしんないすね。ていうか葬武のアニキは昔からそんなだから部下からの評判も悪いし、一番隊にいたころも紫耀様に毎回呆れられていたんだと思うんすけど」

「馬鹿め。古来あやかしは力で統べるもの。お前らだってそれがわかっているからあの小僧に仕えることを拒《こば》み、余の配下になる道を選んだのだろうが」

「ま、癪《しゃく》に障《さわ》ったのは事実っすけど」

そういったあとで壱葉は印籠を取りだした。隊長が持つものには所属する隊の番号が記されているが、ヒラの隊士だと表面が無地である。とはいえ性能は変わらず、集団で任務をこなす際は無線機のような役割を果たす。

「先行している参衣《サンエ》から報告っす。標的は富嶽家の令嬢とともに最下層のはずれにある工房に入ったのち、現在まで動きなし。中でしっぽりヤッてる可能性もなくはないすけど……総長から俺たちのことが伝わってるでしょうし、逃げる準備をしているか、工房に立てこもって迎えうつ算段でいるかっす」

「十中八九、後者だな。あのクソガキは無謀とも思わずに戦いを挑むはずだ。己が小さな鼠《ねずみ》であることすら知らず、獅子の足先に噛みつこうとする愚かものよ」

「まあ尻尾巻いて逃げるようなやつなら、あの紫耀様が認めるわけないっすからね。俺っちからしてもまったくピンとこないんすけど、なんであんな弱っちそうな人間のガキを後釜に選んだんすかねえ」

「あの御仁も耄碌《もうろく》したというだけだろう。では小僧を拘束するまで余は背後にひかえ、身動きが取れなくなったところで決闘と称してじっくりと痛めつけるゆえ、お前らはいつもの手順どおりに頼んだぞ」

壱葉はヘラヘラと笑いながらうなずく。一番隊はもっぱら盗賊団や裏組織のアジトへの潜入や偵察、市内に立てこもった凶悪犯の捕縛や人質の救出などの特殊作戦を専門としてきた連中だ。かつては紫耀の指揮のもと、葬武も任務に駆りだされていたからわかる。彼らの得意とする屋内に立てこもった時点で、花柳院トワに勝ちめはない。

まず斥候である参衣が〈透視術〉によって工房内の状況を把握し、突入のタイミングを図る。ある程度の距離まで近づく必要はあるが、避役《カメレオン》のあやかしである彼の擬態能力をもってすればまず気づかれることはないはずだ。

先陣を担うのは犰狳《アルマジロ》の弐戒《ニカイ》。全身を硬質化させる〈金剛装《こんごうそう》〉を利用した回転突進は、攻防兼ね備えた隙のない技だ。巨大な砲丸となったあの男を切り崩すことができるのは、黒楼総長のみが操る妖術〈熾天剣《してんけん》〉くらいのものである。

その後は伍灯《ゴトウ》と陸暗《ロクアン》が左右から〈飛燕縄《ひえんなわ》〉で捕縛し、壱葉が雷撃でとどめを刺す。女のような面《つら》をした小僧がびくびくと痙攣《けいれん》し、汚らしく失禁する様が目に浮かぶようだ。

早くも勝利を確信した葬武が高笑いをあげる中、再び印籠を取りだした壱葉は不思議そうに首をかしげていた。

「通信環境が悪いんすかね。作戦内容を伝えようと思ったんすけど参衣から返事がないっす。まあほかの連中と合流してからでいっか」

◇

同時刻。彼方は案内された工房にて、術具の試作品の中で使えそうなものがないか見繕《みつくろ》ってもらっていた。

当初こそ迫りくる襲撃の恐怖から顔をこわばらせていた桃夏であったが、自らが開発した品々について説明しているうちにどんどん声がでかくなり、今では鼻歌まじりにガチャガチャと籠の中を漁っている。床には黒ずんだ油染《あぶらじ》みが散らばり、四方の壁は得体の知れない薬剤によって毒々しい緑や紫に変色している。室内は飛行機のガレージのごとく広々としているが、うす暗いせいでちょっと怖い。

奥の別室から悲鳴が聞こえてきた。

……いや、外で張りこみしていたやつがいたから捕まえてきただけだけど。

今はクロがしばいて情報を引きだそうとしているところである。

「さっそくの鮮やかなお手並みでしたわね。トワ様があの蜥蜴男《とかげおとこ》を担いできたとき、最初はほとんど姿が見えなかったので驚きました」

「昔から視力には自信があるんですよ、ぼく。妖力が芽生えてからさらにくっきり見えるようになったというか、すごくクリアに感じられるようになってきて」

「もしかしたらですけど、そのときになんらかの変化があったのかもしれませんね。大抵の人間は妖術の資質に乏しく、あの陰険クソ片眼鏡が普及させた陰陽道なる簡易体系しか習得できません。しかしトワ様はどうやらその域に収まらない器のようですし、自分でも気づかぬうちに妖術を習得していて、それを無意識のうちに発動させている可能性があります。優れた資質を持つあやかしだと稀《まれ》にそういったことがあるので、人間でもあるいはそのケースに当てはまるかと」

桃夏は籠を漁る手をとめ、彼方にいった。

「お時間の都合がつき次第、学術院の専門施設で検査をしておくべきですわ。あたくしの事情に巻きこんでしまった手前もありますし、そういった諸々《もろもろ》の手配と術具の提供、あとは妹様のご病気を治すための薬材の買いつけ、というあたりを報酬とさせてはいただけないでしょうか」

彼方はうなずく。道すがら幽世にきた事情を説明しておいてよかった。クロは『買うには利のない喧嘩』とぼやいていたが、こうなってくるともはや『やるしかない依頼』である。桃夏の油で汚れた手を握り、頭をさげる。

「では誠心誠意、陰険クソ片眼鏡をボコボコにしてさしあげましょう」

「うふふ。トワ様とは今後とも仲良くできそうですわ」

駆け落ちはしませんけどね、と内心で呟く。

今の自分がありのままの『彼方』であったなら、かつて夢見たお友だちになれたかもしれないだけに、理想の兄を演じなければならない状況は残念ではあった。もっとも花柳院トワだからこそ、女だからという理由で苦境に追い込まれていた彼女を助けることができるのだが。

と、尋問を終えたクロが戻ってくる。狼の顔でチッと舌打ちしながら、

「エリート集団だけにしぶといな。元一番隊の連中らしいってことくらいしかわからなかった。術具のほうはどうなっている」

「夜廻組の羽織に暗器をいくつか仕込んでおきました。トワ様にはあとで使い方をご説明

させていただきますが、クロ様もなにか見繕っておきますか？」

「頼む。さすがに主ひとりで全員を相手するのは難しいだろうし、お前に危害が及ばないようついていてやらないといけなそうだからな」

「あたくしの身まで案じていただきありがとうございます。影に潜む力を持つ一族については学術院の文献で読んだことがありますけど、まさか現世で式になっているとは思いませんでした。狗族という呼び名はもしかして――」

クロはキッと桃夏を睨みつける。このワンちゃんについては『長らく花柳院家に仕えている』ということくらいしか知らないが、そうなるにいたる事情があったのだろうか。あらためて考えてみると謎が多いあやかしである。

彼方としてはこの機会に詳しい経歴を聞いてみたいところであったが、いつ襲撃があるかわからない状況で昔話に時間を割《さ》いている余裕はなかった。ひとまず術具の説明を聞いて、作戦を立てて、葬武を迎えうつべく万全の態勢を整えておかなければなるまい。

工房の入り口を壁ごとぶち破って元一番隊の連中が突入してきたのは――ちょうど彼方たちがすべての準備を終えて配置についたところだった。

「――あたくしも援護射撃いたしますわっ！」

反撃の口火を切ったのは背後の壁際に控えていた桃夏だった。

マスケット銃のような術具を豪快にぶっ放すも、巨大な砲丸めいたあやかしにあっさりと弾《はじ》かれてしまう。牛鬼《ぎゅうき》のぶ厚い頭蓋《ずがい》でも余裕で撃ち抜けると豪語していたが、さすがは元一番隊の精鋭。一筋縄ではいかない。

自分が役に立たないとわかるや「ごめんあそばせ!」と叫びながら奥の別室に引っこんでいった。最初から戦力として期待していなかったので、あのマイペースなお嬢様に足を引っ張られないだけありがたい。

石造りの壁が崩れて砂煙が舞っている。先陣の派手な突入に乗じて、柳のような木精《もくせい》のあやかしがふたり左右に散っていくのを彼方は見逃さなかった。

巨大な砲丸がポンと跳ね、再び彼方に向かって突進しようとする。同時に左右から鞭《むち》のような腕がひゅっと唸りをあげ、三方向から攻撃が迫ってくる。

その最中、彼方は悠然と構えていた。

……なぜだろう。相手は目にもとまらぬ速さで動いているはずなのに、スローモーションのごとく緩慢に感じられる。そのうえ高いところから見下ろしているかのように、ひとりひとりの動きと位置が把握できるのだ。

矛盾した感覚に戸惑っていても、身体は勝手に動く。

彼方はまず左右から迫りくる腕を素手でつかみとった。そのまま両腕を掲げて引っぱると、前方から突進してきた砲丸にぶつけてやる。「ぎゃあ！」と立て続けに悲鳴があがる。柳のようなあやかしはトラックに轢《ひ》かれた動物のように吹っ飛んでいった。

しかし仲間を犠牲にしても、砲丸めいたあやかしは止まらない。彼方はさっと身をひるがえしたあと、黒楼が稽古でやっていたように宙を撫でた。

直後、ぱっと鮮血。

巨大な砲丸は果実のように割れ、鼠のような顔と短い手足が現れる。

「馬鹿な。人間がなぜその技を……」

答えてやる義理はない。見たところ効果はあるようだし、慣れてきたから次は二段でもいけそうだ。不可視の刃《やいば》がシュシュッと空を切り、甲羅のような表皮を薙《な》いでいく。

「待て、勝負あった！　降参するから許してくれ！」

「図体《ずうたい》がでかいわりに痛がりだな。それに――」

彼方はぴょんと跳ね、白い草履で相手の顔を踏みつけた。妖力で自在に重量を調整できる術具だから、小柄な彼方であっても十分な威力になる。

「――命乞《いのちご》いで気をそらそうとするのは感心しないな。夜廻組の隊士なら勝ちめがなくとも正々堂々、真正面からひとりずつ仕掛けてくるべきじゃないか？」

「新入りにそれをいわれると耳が痛いっすね。今の俺たちを紫耀様が見たらなんてどやされるか。あのかた、温厚に見えてめちゃくちゃ厳しいんすよ」

入り口のほうからゆらりと、一つ目のあやかしが現れる。隊士としてはかなり小柄で、もしかしたら彼方より背が低いかもしれない。しかし漂う気配は険呑《けんのん》で、その隙のない佇まいだけで相当な手練れだと察せられた。

「俺っちは壱葉。あんたが来る前は紫耀様のもとでほかの隊士たちをまとめていた、いわば副リーダー的なポジションっす。妖力はそれほど高くなくて、使えるのは陰陽術の基本である射出型の雷撃だけ。努力でのしあがってきたタイプなもんで、あんたみたいな天才くんとはソリが合わなそうっすね」

彼方は首を傾《かし》げる。なぜこのタイミングで自己紹介してきたのか。使える技をペラペラ喋って悦に入るとは、とんだ間抜けもいいところである。

「その妖術、覚えたばかりっすね？　初動が遅いから隙だらけじゃないっすか。乱戦のときなら問題ないすけど、こうやって正面から対峙《たいじ》して、しかも相手が一芸特化型の術使いだとかなり分が悪いっすよ」

「陰陽道は修練すればするほど腕があがりますからね。こっちの世界だと『簡易術式』なんていわれているみたいですけど、シンプルだからこそ奥が深い。壱葉殿が雷撃の扱いに自信があることはよくわかりました。……で、結局のところなにがしたいんですか？　わざわざ敵に塩を送って、そのうえで勝ちきれると確信を持てるほど、お互いの間に実力差がないことは承知しているでしょうに」

「わかんねえかなあ天才くん。俺っちはさ、納得したいんすよ」

一つ目のあやかしはすっと目を細める。彼方は一歩だけ足を退く。勝ちめがない相手ではないはずだ。だが、思わず気圧されてしまうほどの迫力がある。

「底辺で生まれたコネも金もねえやつはさあ、ガキのころから必死に働いて勉強して修練して、五年に一度しかねえ厳しい選抜試験を乗り越えて、そんでようやく晴れて夜廻組の隊士にまで昇りつめることができるんだ。さあこっから先は順風満帆……なんて思ってたら上司は厳しいし任務は危ねえうえにハードだし、毎日やってらんねえなあって愚痴《ぐち》りながら、それでもでっけえやつに成りあがりてえから歯ぁ食いしばって一番隊の看板背負ってきたわけさ」

絞りだされたのは怨嗟《えんさ》の声。

彼方はそれを真っ向から受けとめることしかできない。

「現世からぽっと出てきた小僧に『次の隊長やるからよろしくね』って挨拶されるなんて、頭ん中でイメージするだけでも耐えられねえよクソが。紫耀様が認めたからって俺たちにゃ関係ねえ。……だけどもこうして一戦交えたかぎり、あんたは確かにとんでもねえ逸材だ」

だから、と壱葉は呟く。

「納得させてくれ。誰かに教えてもらった付け焼き刃の術じゃなくてよ、あんたがずっと磨いてきたものを見せてくれや。そんで俺っちの努力が粉々にぶっ壊されるってんなら、諦めだってつくだろうさ」

「男のプライドってやつですか。嫌いじゃないですよそういうの」

「上から目線が気に入らねえっすね、クソガキ」

彼方は懐から小刀を取りだした。暗器として羽織に仕込んでもらった術具だが、妖力をこめると脇差《わきざし》くらいの長さになる。自分にとってはどんな武器でも付け焼き刃。それでもこれが一番手に馴染《なじ》む。

壱葉は笑っている。彼の言葉はもっともだし、自分がいかに異物で歓迎されていないかもよくわかった。だからこそ全霊をもって、覆さなければならない。

勝負は一瞬。

彼方の尋常でない眼力は、初動の時点で勝敗を予測することができた。

刹那《せつな》の差で雷撃より先に刃が届く。

——はずだった。

「う、ぐっ……！」

脇腹《わきばら》に痛みを覚え、膝を折る。

脇腹から鮮血が滴《したた》り落《お》ちている。

雷撃ではない。もっと速い、光の矢のような術だ。

遅れて、壱葉もまた同じようにくずおれた。

胸もとを穿《うが》たれた一つ目のあやかしは、吐き捨てるようにいった。

「迂闊《うかつ》だったっす……。アニキはそういうやつだったわ……」

彼方はよろよろと立ちあがり、入り口のほうを見る。

部下もろとも自分を撃ちぬいた男が、高笑いをあげながらやってきた。

葬武——夜廻組最強の術師。

「準備運動は終わったようだな。では本番をはじめるとしよう」

◇

葬武は手段を選ばない男として知られている。

だが実のところ、私怨《しえん》を晴らすためだけに部下を捨て駒にするほど分別がないわけではない。そんなことをすればただでさえ低い信用が地に落ちてしまう。感情が昂《たかぶ》っても頭の隅っこでは損得を計算し、目的を果たしたあともうまく立ちまわれるよう考えながら行動するタイプなのだ。

当初のように幼稚で身勝手な『敵意』のみが理由であったなら、葬武とてこうもなりふり構わず襲ってこなかったはずである。ほんの短い間におおきな心境の変化があったからこそ、彼方にとって最大の脅威として立ちはだかることになったのだ。

尊大な笑みを浮かべてこそいるが、真に追い詰められているのは葬武のほうだった。彼方の戦いぶりを間近で拝み、都合の悪い真実から目をそらそうにも逃げ道がない。自らの存在価値を粉々に打ち崩されたがゆえに、この男が選ぶ道はたったひとつしかなかった。

たかが人間ごときが、我々が積みあげてきたすべてを過去にする。

そんなことがあってはならない。

余は今から花柳院トワを排除する。

あやかしの尊厳を守るために。この世から。完膚《かんぷ》なきまでに。

夜廻組最強術師の瞳に宿るのは——大義を成すという『覚悟』のみ。

◇

「こんな真似をして恥ずかしくないのですか」

「負け惜しみか？　余は合理的に、勝利のみを追求する」

葬武は不遜《ふそん》な笑みを浮かべている。この路線で揺さぶりを狙っても効果はなさそうだ。

彼方は脇腹に妖力をこめて止血しながら、どうにか時間稼ぎできないものかと考える。

「幽世にくる前、ぼくは葬武殿の指南書を読んで陰陽道について勉強していました。術師として心の師と崇めていたおかたが、根も葉もない噂を信じて暴挙に出たことが残念でなりません。よもや、許嫁を寝取ったという話を信じているわけではないですよね」

「あの女のことは今となってはどうでもいい。余はただ君を殺すためにきた」

嫌な感じだ。結論ありきで迷いがない。

桃夏との件が理由でないとしたら、なぜこうも憎まれているのかがわからない。壱葉のような嫉妬や怨嗟でもなく、もっと根深くて昏《くら》いなにかが宿っているようにも感じられた。

「皮肉なものだ。最近のあやかしは余の著作を読もうともしない。よもや人間である君のほうが師として余を敬っていたとは。しかし現世における陰陽術の基礎を築いたのが余であるとするなら、君のような存在を排除すべき責任も余にあるということになる。ではここで問題を出そう。君が学ぶべき教訓はなんだ？」

そもそも問いかけの意味がわからない。葬武も別に待ってはくれなかった。

「弟子は師を超えてはならないということさ」

あまりに潔い敗北宣言に、彼方はつい笑ってしまう。脇腹がずきずきと痛み、額から脂汗が湧きでてくる。プライドが高そうなこの男がそんなみっともない動機をあけすけに語るとは予想していなかったし、伝説級のあやかしに才能を嫉妬され殺意を向けられることがあろうとは夢にも思っていなかった。

「つまりぼくは、あなたを凌駕《りょうが》しうるということですか？　ファンとしてはちょっと複雑な気分ですけど、そこまで認めてもらえると悪い気はしませんね」

「残念だが、君が余を超えることはない。そうなる前に闇に葬ってしまえば、最初からなかったのと変わらないからな」

「もういっぺんいいますよ。……恥ずかしくないのですか？」

「余のちっぽけなプライドなど、大義のためならば喜んで捨てよう。君という異物を今ここで排除し、幽世に住まうあやかしの尊厳を守らねばならぬのだ」

彼方は言葉が出てこない。葬武にはいっさいの引け目も迷いもなく、保身のために作りあげた詭弁《きべん》を本気で信じこんでいるようだった。

清々《すがすが》しいほどの小悪党。

だが——術師としてははるかに格上だ。

ただでさえ勝ちめの薄い相手がなりふり構わず殺しにきているうえに、脇腹に受けた傷だって浅くない。身体強化の応用で止血しているものの、傷口を塞《ふさ》ぐことに意識を割いているぶん反応が鈍《にぶ》くなる。激しく動けばそれだけ妖力の消費が激しくなってしまうし、なにより痛みが体力と集中力を削《そ》いでくる。

今どうにか立っていられるのは、完璧な『トワ』を演じなければという意地があるからだ。しかし息はぜえぜえと途切れているし、両足は今にも倒れそうなほどふらついている。これでは悠然と構えてみせても、強がっているようにしか見えないだろう。

「今の君は術師としての戸口に立ったばかりの素人だ。得体の知れぬ眼力で〈熾天剣〉を会得したところで、真に我がものとすることはできない。武芸と同じく術の真髄は修練にこそある。しかと見よ。これが余の、最強たるゆえんだ」

いうなり、葬武は光の矢を立て続けに放った。

得体の知れぬ眼力、といわれた妖術らしきものは今なお作用している。葬武が用いる光の矢だってやろうと思えば習得できるはずだ。

しかしそれはまったく意味がない。なぜなら――。

「気づいたか？　余は凝縮した妖力を飛ばしているだけ。総長殿の〈熾天剣〉のように空間を断絶させるまでもなく、指南書の最初にある基礎のみで君を殺すことができる。もっともこの領域にいたるまでに、途方もない年月をかけたがな」

彼方は無様にごろごろと転がり、死にものぐるいで光の矢をかわしていく。致命傷こそ避けられたもののいくつかは肌を撫で、身体のあちこちに焼けるような痛みが走る。顔は苦悶《くもん》に歪み、完璧な『トワ』の仮面がじわじわと崩れていく。

かけた年月で張りあえば、人間があやかしに勝てる道理はない。しかし葬武からすればほんの一瞬であろうとも、思いの強さは決して引けを取るものではないはずだ。今この場にいるのが兄ならどうするか――彼方はその姿を想像し、立ちあがる。

「べらべら喋るのはかっこ悪いですよ、葬武殿」

「ほざけ。君の物わかりが悪いから教えてやっているのではないか。余がいなければ今ごろ石臼《いしうす》で麦を挽《ひ》いていたような猿の分際で、よくもまあそこまで調子に乗れるものだな。君にせよ桃夏にせよ、身のほどというものを弁《わきま》えるべきだ」

「それは無理でしょうね。人間ごとき女ごとき、そんな理由で抑えつけられるのは気分が悪いですから。あなたが術の研鑽に誇りを持っているように、ぼくや彼女も強い思い入れや志があるのです。それを頭ごなしに否定しようとするのであれば、花柳院トワとして認めるわけにはいきません」

「して、君ひとりでなにができる。付け焼き刃の術で対抗してみせるか？」

彼方は不敵な笑みを浮かべる。完璧にはほど遠く、相変わらず強がっているようにしか見えなかったはずだ。だから葬武のまなざしにも侮りの色が宿る。

ほんのわずかな、つけいる隙。

葬武は勘違いしていた。目の前にいる敵は——ひとりではない。

「今です！　クロっ！」

「なんだ、足が……ぐおっ！」

彼方の影が伸びるように迫り、相手の足もとにしがみつく。葬武は突然のことにのけぞり、うめき声をあげた。すんでのところで無様に転がることは避けたものの、攻撃の手は止まらない。力任せに放たれる剣閃《けんせん》と伸びる影による波状攻撃を光の矢でしのぎながら、葬武は苛立《いらだ》たしげに後退していく。

が、そこに今度は銃弾が飛んでくる。

妖術により視野が広がっていた彼方ですら、予想していなかった一撃だ。いつのまにか奥の別室から出てきた桃夏が、勇ましく声を張りあげる。

「ごらんあそばせ！　そのきれいな顔をふっ飛ばしてさしあげますわ！」

「貴様ぁっ！　どこまで余を愚弄《ぐろう》すれば――」

「そりゃこっちの台詞《せりふ》っすよアニキ。さすがに胸に穴開けられてホイホイ従うほど俺っちは器がでかくねえっす。だから……ここで死ねクソが！」

倒れていた壱葉も半身で起きあがり、絶好のタイミングで雷撃を浴びせる。同時に彼方が距離を詰め、脇差の一閃が片眼鏡ごと相手の鼻先を切りつけた。

葬武は汚らしい悲鳴をあげ、腰を抜かしたように倒れこむ。その間に桃夏が近づき、ふらつく彼方を支えてくれた。

影に潜んでいたクロもぼふんと現れ、反対側から手を伸ばしてくる。

「不服そうな顔だな、主よ」

「……こんな戦いかたじゃ、完璧にはほど遠いからね」

「そうでしょうか。『力を合わせて大勝利！』ってのも尊くありません？」

彼方はうまく答えられなかった。

桃夏の笑う声が耳に心地よく、なんともいえないこそばゆさを感じる。クロまでおかしそうに鼻を鳴らしていて、なおさら反応に困ってしまう。

葬武が鼻先を押さえながらよろよろと立ちあがった。水面《みなも》のごとき澄んだ瞳は憤怒《ふんぬ》によって見る影もなくよどみ、涼しげな相貌《そうぼう》は潰れた蛙《かえる》さながらに醜《みにく》く歪んでいる。虹色の鱗に包まれた四肢がどす黒く変色するのを見て、相手がいよいよ凶暴な龍としての本性をあらわにしつつあることを感じとる。

やや離れたところにいる壱葉が再び倒れこむと、天井をあおぎながらいった。

「俺っちの仇《かたき》を討ってくだせえ。隊長」

調子がよすぎて呆れてしまう。

あやかしってのはこんなやつばかりなのだろうか。

しかしどうやら自分のことを認めてくれたようだし、頼まれたからには『トワ』としての務めを果たさねばなるまい。完璧ではなくとも。今できる限り。

ぜえぜえと息を荒らげながら脇差を構えたとき、クロがぽつりと呟く。

「なんでも完璧にこなせるやつはいねえよ。俺の知っている『永遠』でもな」

かもしれない。

思い返してみれば彼方だって、完璧だから兄に憧れていたわけじゃない。

かっこよかったからだ。

どんな逆境でも挫けずに乗り越えようとする、その背中が。

3

彼方は結局、葬武を倒すことができなかった。

何度か技をくりだしたところで相手はちいさな蛇に変化し、崩れた壁の隙間をすり抜けるようにして逃げてしまったのである。みっともない意地とプライドで喧嘩をふっかけてきたくせに、劣勢と見るや恥も外聞もなく勝負を捨てる。尊敬にまったく値しない男ではあるが、敵にまわすと非常に厄介な手合いである。

完璧にはほど遠い、締まりのない幕引き。

とはいえわざわざ追いかける気力もなく、彼方は工房のひび割れた床に脇差を放り投げた。しばし脱力していると、忘れていた身体の痛みがぶり返してくる。元一番隊の連中を治療するよう印籠で救援要請を出してから、糸が切れたように倒れこむ。

あとのことは任せたよ。近づいてきたクロにそう目配せすると、狼の顔をした式は脇腹の傷を確認しながらこう呟いた。

「悔しそうな顔もそっくりだな。我が主」

視界がぼやけていく中、彼方は考える。

永遠がそんな表情をするところなんて見たことない。だが、つきあいの長いクロは何度もそういう場面に出くわしてきたのだろう。

兄は完璧だったわけじゃなくて、妹の前で理想の自分を演じようとしていただけだったのだろうか。知らないところで何度も失敗をくり返して、弱さや未熟さを噛みしめて。それでも諦めずに挑戦し、あの頼もしい背中を作りあげてきた。もしそうなのだったら、前よりいっそうかっこいいと思えてしまう。

あのとき幼い自分が、たった一度の失敗で挫けることなく——勇気を出してクラスメイトに話しかけることができていたなら、友だちだっていっぱい作れたのかもしれない。今さら気づいても遅いけど。

いや、そういうふうに考えるからだめなのだ。

次はもっと頑張ろう。

だって私は、誰もが憧れる『トワ』なのだから。

◇

後日。私怨で同僚を襲った葬武は大幅な減給と厳重注意。彼方も任務中に誤解を招く行動をしたことなどを理由に減給処分を食らった。

しかしあとで黒楼がたんまりとお小遣いをくれた。

お前に賭けたぶんで儲けさせてもらったからな——とのことらしいが、とばっちりで喧嘩をふっかけられた身としては釈然としない決着の仕方だ。もっとも夜廻組最強の術師を返り討ちにした話はあっという間に広がり、周囲に一目置かれるようになったのだから結果オーライではあるが。

元一番隊の連中は転属願を取りさげ、あらためて彼方のしたに就くこととなった。壱葉の態度の変化からそうなるだろうとは予想がついていたものの、

「トワ隊長！　今日もばっちり決まってるっすね！　敬礼！」

一番隊の本部に顔を出すなり、どこで覚えてきたのか現世の軍隊式挨拶をビシッと決める愉快な仲間たち。一つ目小僧、カメレオン男、でかいアルマジロ、木のオバケが二匹。あやかしの世界だから仕方ないのだが、見た目の味つけが濃い部下しかいない。

しかも実力を認めたとたん距離感がおかしくて、

「と、トワ隊長。オデ、隊長のぬいぐるみ作ってきただす」

「参衣は手先が器用なんすよ。潜伏するときも木の枝とか使って罠《わな》を仕掛けたり。まあトワのアニキにはすぐ見つかっちゃいましたけど、斥候としてはめちゃくちゃ優秀なやつっ

す。親愛の印として受け取ってやってください」

「そうなんだ……。部屋に飾っておくね」

「フホホ！　ならば弐戒は大理石の像を作ろう！　アルマジロの爪《つめ》は長く彫りものに適しているゆえ、休日は芸術活動にいそしんでおるのだ！」

待って。そんなところで張りあわなくていいから。

ちなみに伍灯と陸暗の木精コンビは釣りが趣味らしく、今度おいしい海の幸を差し入れしてくれるという。見た目のインパクトに負けないくらいキャラが濃い連中ではあるものの、隊士としては実に優秀である。たまに街の見回りに同行すると驚くほどテキパキと騒動を解決してみせるのだ。

おかげで彼方のやることといえば、後方から指示を出すくらいしかなかった。

◇

一日の任務を終えて自室に戻ってくると、別行動をしていたクロがリビングで待っていた。桃夏の工房に顔を出していたらしいのだが、

「婚約は無事に解消された。お前のことも『弟みたいに可愛がっていますのよ』というふ

うに訂正して誤解をといていくとさ。富嶽家は今でこそただの資産家だが、元々は術具の開発で名をあげてきた職人の血筋だ。望まぬ結婚をせずとも、あの腕前ならいずれ父親も納得するだろう。次はトワ様も工房にきてくださいと、伝言も頼まれている」

「いずれ必ず、と返信しておきましょう。散々な目にあいましたが、万事が丸く収まってよかったです。……で、あなたが抱えている包みはなんですか？」

「とりあえずの報酬だとよ。わざわざ自宅の蔵から引っぱりだしてきたらしい。葬武とやりあったときに使っていた脇差の原型のような骨董品《こっとうひん》だが、こいつはなかなか面白いぞ」

そういわれると興味を惹かれる。彼方はさっそく包みを広げてみた。

脇差が入っているにしては小ぶりな包みだったから、てっきり小刀かなにかだと予想していたが――中から出てきたのは、銀色に輝く龍の置き物。

はて？　と首を傾げていると、龍はまるで生きているかのように動きだし、彼方の細い手首に巻きついた。試しに妖力をこめてみると、微光を放ちながら脇差に変化する。あまりの出来事に、驚きの言葉すら出てこない。

「長く使われた道具はときに魂を宿すが、その脇差は世にも珍しい術具の『付喪神《つくもがみ》』だ。さすがは富嶽家のご令嬢。こんなものをぽんと渡すとはたまげたぜ」

「もらっていいのでしょうか。さすがにちょっと遠慮しちゃいますけど」

「迷惑料としちゃ十分だろ。危うく死にかけたんだぞ、お前」

あのときの醜態を思いだして、彼方はため息を漏らす。

本物の『永遠』ならパッと妙案を閃いて、陰険クソ片眼鏡ごとき華麗に撃退してみせたのではなかろうか。最初の不意打ちくらいは予測できそうだし、であれば腹に傷を負いながら戦うこともなかった。クロの影を使った攻撃だってもうちょい有効に扱えそうだし、地頭《じあたま》の差だけはいかんともしがたい。

そういえば……と、もうひとつ都合の悪いことを思いだす。

「脇腹の傷、救援がくる前に桃夏さんが治してくれたと聞きましたが」

「じゃないとやばかったからな。あの娘に治癒術の覚えがあって助かった」

「そのとき、裸を見られてません？」

クロはふんと鼻を鳴らす。

今さらそんなことを聞いてくるのか、と呆れているような顔。

不安げな主を見ながら、人間よりずっと長く生きているあやかしはいった。

「安心しろ。真の友であれば、秘密をべらべらと漏らすことはない」

彼方は笑った。

確かに案外、簡単に作れるものである。

キラキラと輝く脇差を眺めながら、ふと。
現世にいる永遠に、手紙でも送ろうかと考える。
文面はこうだ。

――拝啓、お兄様。
私にもようやく、お友だちができました。

四章

開花

1

「さすがに雲の上ともなると肌寒いですね」

「この高さだと気候制御の結界も効果が薄れるからな。だが、じきに暑くなる。今回の討伐はちとハードだ。頼むからオレ様の足を引っぱってくれるなよ」

神楽は屋形船の船首に立ち、挑発的な笑みを向けてくる。周りにいる部下たちにもカラカラと笑われて、彼方はあからさまに不機嫌そうな顔をしてみせた。

もっとも、本気で腹を立てているわけではない。百鬼夜廻組に配属されて初の合同任務。しかも隊長の彼方だけ三番隊に帯同し、神楽とともにぶっつけ本番で指揮にあたる。そんな状況とあって、彼らなりに緊張を解いてくれようとしているのだと理解しているからだ。

彼方もまた船首に立つと、眼前に広がる幽世の星々を眺めた。やがて一筋の号火がぱっとあがると、同じように雲を切って進んでいた屋形船が左右に広がり、逆三角形の陣形を作りはじめる。いよいよ本番だ。ふうと息を吐き、真っ暗な空の先を見据える。

——山が、動いた。

まだ距離があるはずなのに、かなりおおきく見える。のっそりのっそり歩いているようだが、実際はすさまじい速度で進んでいるはずだ。夜廻組が総出で討伐にあたらねばならないほどの『厄災』と聞いたときはおおげさに思えたものの、いざその姿を拝んでみると、決して過剰な戦力投入ではないと実感できた。

「アイツらがいねえぶん、お前らの世界は幽世よかずっと過ごしやすいだろうな。今まさに肌で感じているだろうが、あの巨体すべてが妖力の塊《かたまり》だ。台風みてえにふっと現れて、暴れるだけ暴れたらまた消えちまう、理不尽がそのまま具現化したような連中さ」

ゆえに厄災と呼ぶわけか。

亀《かめ》とも鰐《わに》とも龍ともつかない巨体が歩くだけで無数の都市が壊滅し、なにもない道ができることから、名は〈殲道《せんどう》〉とつけられた。凶事の前触れともいわれ、万魔京ができる以前から厄災と呼ばれ恐れられてきた存在の一柱だという。

前触れどころかダイレクトに災《わざわ》いをまき散らす規格外の化け物が最後に顕現したのは、今から三十年前。そのときは五名の隊士が殉職。万魔京に到達する前にとどめをさせず、一般市民にも多数の被害が出ている。そんな経緯もあって、今回こそは無事に討伐を成功させなければならないわけである。

「なにニヤニヤしてんだバカ。ガチガチになられても困るが、ワクワクされるのはもっとめんどくせえな。お前みてえなやつが突っ走って真っ先に死ぬんだぞ」

「なら、そうならないようについてきてくださいよ。神楽センパイ」

腕を組みながらそう告げると、神楽は『生意気なガキめ』というように肘《ひじ》で突《つ》いてくる。最近になって気づいたのだが、自分はスリルがあればあるほど楽しくなってきてしまうタイプらしい。それで本当に突っ走りすぎて死んだらただの間抜けなので、先輩の忠告は肝に銘じておくべきではあるが。

やがて〈殲道〉が間近に迫ると、再びパンパンと号火があがった。直後、開戦の狼煙《のろし》に呼応するように、右翼に展開していた五番隊の船から術による砲撃が開始される。無数の雷光が咲きみだれ、夜空が昼間のように明るくなった。

「……討伐任務のときだけは葬武のカスが輝くな。見ろよあの完璧な融合砲撃陣。普段あんだけ信用ねえのに、大規模の陣を編むときは部下の妖力をばっちり結束させやがる」

「天才には違いないですからね。そのぶん性格がヤバいだけで」

彼方はげんなりした顔で呟く。決闘から一月《ひとつき》ほど経っているが、いまだにすれ違うたびに「いいご身分だな」だとか「夜道に気をつけたまえ」と囁いてくるのだ。表だって皮肉をぶつけてくることはなくなったものの、そのぶん恨みを募らせていそうで不安になる。

ともあれ今は、目の前にいる化け物のほうが脅威である。

厄災の権化たる〈殲道〉は毒々しい紫色の巨体をくねらせると、反撃とばかりに燃えさかる火球を吐きだした。右翼に向けて同時に三発。ひとつひとつが屋形船と同じサイズである。五番隊の操舵手がすかさず舵《かじ》を切るも、船底に被弾し二名のあやかしが空中に投げだされてしまう。地上に四番隊の救護班が待機しているから、直撃さえしなければ死にはしない。落下傘がふらふらと風に流されていくのを横目に、彼方は印籠を使って指示を出す。

「一番隊カタパルト、いけますか？」

『了解っすー。いっちょぶちかましますねー』

壱葉の間延びした返事を合図に、左翼から猛烈な勢いで砲弾が発射される。木精コンビの〈飛燕縄〉をスリングに、全身を硬質化させた弐戒を鉄球に見たて、壱葉の雷撃を動力にして射出する、一番隊のお家芸。狙いをつけるのは斥候にしてスナイパーの参衣である。

アルマジロの弾丸が標的の下顎《したあご》を穿つのを確認したあと、彼方は右腕に妖力をこめる。絡みついていた小さな龍が脇差に変化し、鈍色《にびいろ》の切っ先を瞬《またた》かせた。

「いい武器だな。銘はなんという」

「え？　とくにはなにも」

「なら今のうちに考えとけ。てめえの伝説を作るつもりがあるならな」

神楽は左手をかざし、自身もまた宙から武器を出現させた。

身の丈と同じ長さの棒。両端には金色の箍《たが》がついている。肩がけの羽織をひるがえし剝きだしの腋《わき》に挟むと、棒全体がまばゆい輝きを放ちはじめる。

――天河鎮底神珍鉄《てんがちんていじんちんてつ》。またの名を如意金箍棒《にょいきんこぼう》。

太上老君《たいじょうろうくん》が作り、斉天大聖《せいてんたいせい》に授けられたとされる遺物。現世で役目を終えたあとは幽世に預けられ、万魔京宝物殿の奥深くに眠っていた。それを神楽が『ちょこっと拝借した』逸話は本で読んだ覚えがある。隣の兄ちゃんがおとぎ話の武器をぶんぶん振りまわしている状況についていけずにいると、

「んじゃさっさと終わらせるか。遅れるなよ、ひよっこ」

いうなり助走をつけて船首から飛びあがる。

ちょ、合図もなしに！

しかし戸惑っていたのは自分だけ。周りにいた隊士たちも次々と雄叫びをあげながら飛びあがり、最後に慌てて彼方もついていくはめになってしまう。舵を取っていた三番隊の副長ですら標的めがけてダイブしたから、屋形船はそのまま〈殲道〉の顔面に衝突する。

覚えたての飛行術で滑空する中、爆発炎上する船を眺めて高笑いする神楽が視界に映

る。なにもかも無茶苦茶。黒楼とは別の意味で底が知れない。

……ぼくみたいなやつが突っ走って真っ先に死ぬだって？

上等だ。

今からあんたに、花柳院トワの伝説を見せてやる。


「どうしたぼくちゃん、威勢がねえな。生意気な口叩いていたわりに一時間ぶっ続けで戦ったくらいでもうへばってんのかよ。葬武のやつだってまだ船で旋回しながらちびちび援護しているぞ。隊長なんだから意地見せてみろやこら」

「まだまだ……全然いけるし！　こっちはいいから自分とこの部下を援護していろ……よっ！　だあもう！　次から次へと触手が生えてくるなあっ！」

「癇癪《かんしゃく》起こすなって。本音をいや背中じゃなくてどたまの近くに降りたかったんだが、こんだけ触手が生えてやがるとたどり着く前にはたき落とされちまうからな」

神楽はカッカと笑いながら、杉の幹ほどの太さがある触手を軽々と薙ぎ倒していく。彼方も脇差で応戦しているが、長丁場に慣れていないせいかすでに呼吸が荒くなっていた。

百鬼夜廻組は危険な激務ばかり。ここにきてそれを痛感せざるをえない。身体強化と例の『眼力』のおかげで今のところ捌けているものの――触手を薙ぎ倒すのが遅れたとたん、再生した群れに袋叩《ふくろだた》きにされそうだ。

「楽しくなってきたか？　ゾクゾクするだろ？　今日はマジで死ぬかもしれない。そう思うとなんてことない日常を大切にしなきゃってなるよな？　この戦いが終わったらメシ食いにいこう。オレ様とふたりで生きる意味を、愛を探しに」

「ごちゃごちゃうるせえ！　死亡フラグ立ててる余裕あんなら手を動かせ！」

さすがに吠えた。神楽という男、ウザ絡みがすぎる。

とはいえ、そこでようやくゴールが見えてくる。

山のように巨大な〈殲道〉の、頭頂部――その中心から脳髄《のうずい》に向かってまっすぐに如意金箍棒を突き立てると、ちょうど妖力の核にあたる部分を打《う》ち砕《くだ》けるのだという。

もっとも急所にあたる部分だけに守りが堅い。他の場所より太い触手が群れをなし、折り重なるように密集している。

神楽はまず部下たちに周囲の触手を狩るよう指示を出したあと、

「オレ様は核を打ち抜くために力を温存しとかなきゃならん。中心部の群れはお前ひとりでなんとかしてもらいたいが、さすがに荷が重いか？」

彼方は相手をにらみつけてから脇差を構える。正直なところ自信はなかったが、花柳院トワの名を背負っている以上はやるしかない。

眼力によって模倣した〈熾天剣〉は、本家が使うものよりずっと範囲が狭い。板金鎧《ばんきんよろい》や甲殻であればなんなく断ち切るものの、分厚い表皮に覆《おお》われているような場合だと肉まで届かない。だからこそ脇差の斬撃《ざんげき》に上乗せすることでその欠点を補っているわけだが、折り重なる群れをまとめて薙ぎ払うとなると、今のやりかたでは威力が足りない。

では、どうするか。

答えはひとつ。さらに進化させるのだ。

黒楼は空間を断絶する熾天剣の範囲を拡大し、『面』で押し潰すような使いかたをしていた。彼方もそれを試してみたが、結局何度やってもうまくいかなかった。眼力にも得手不得手があり、イメージしにくいものは模倣できないのだ。おかげで飛行術を覚えるときはめちゃくちゃ苦労したし、なんならいまだに空中戦は苦手である。

なら、自分がイメージしやすいものを参考にすればいい。

彼方は腰を落とし、得物を脇に構えて深く息を吸う。

脳裏によぎるのはずっと追い続けた『永遠』の背中。武芸にかぎっては彼方のほうが得意だったが、兄の所作は舞のように美しかった。小川のせせらぎを思わせる、ゆるやかで洗練された動き。身体のどこにも余計な力が入っておらず、木刀を振りおろしたときでさえ、重心はいっさいぶれることがなかった。

群れの中心を見据え、居合を放つ。

——無音。

だが直後、折り重なっていた触手の群れがスパッと夜空を舞った。

「さすがは紫耀の後釜だな。あとは任せていいぞ」

「冗談じゃない。こいつにとどめをさすのはぼくですよ」

神楽は笑った。

もちろんこんなのは、最後の最後の強がりだ。夜廻組きっての武闘派隊長が勇ましく飛びあがるのを見届けたあと、彼方は前のめりに倒れこむ。脇差を〈殲道〉の体皮に突き刺していなければ、激しく揺れ動く頭頂部からふり落とされていたかもしれない。

高笑い。衝撃。断末魔《だんまつま》。

スリルがあればあるほど楽しくなってきてしまう、なんてのはまったくの勘違いだった。こんなことを毎回やっていたら、身体の中身をぜんぶ吐いてしまいそうだ。ともあれようやく長丁場だった討伐任務が終わりを迎える。

——なら、どんなによかったことか。

彼方は印籠を手に取り、黒楼に連絡を入れる。

「こっちはなんとか討伐できそうです。今からそちらに向かいますので」

『了解。いやあまさか、同時に三匹も出てくるとはな』

全体の指揮にあたっていた鬼皇は、普段とまったく同じ調子で笑っている。

先頭の一匹は、夜廻組の隊士が総出で対処。

残る二匹は、総長である黒楼がひとりで食いとめる。

最初に説明を聞いたときはなんの冗談かと思ったが……いざ任務を遂行してみると、そんな作戦がまかりとおること自体が信じられない。

だというのに、耳を疑うような話はまだ続きがあった。


一番隊の屋形船に回収され、ただちに総長の援護へ向かう。

事前に決められた手はずどおり、万魔京郊外北部にたどりついたとき――すでに一匹は倒され、残る最後の〈殲道〉も今まさに崩れ落ちようとしているところだった。上空を旋回する二艘《そう》の船に、手を振ってくる鬼皇の姿。

「前回の討伐は、総長と紫耀殿がちょうど不在だったからな。さすがのオレ様も、あの背中を見ていると思うところがある」

巨大な厄災を討ち取った直後だというのに、隣に立つ神楽の表情は浮かない。

彼方としてはその気持ちがよくわかるし、彼が今なにを考えているのかも、手に取るように理解できてしまった。

——いったいなにをどうしたら、あれほど強くなれるのだろう？

黒楼が手をあげると、はるか上空から無数の光爆が降りそそぐ。

彼方たちは屋形船から、それを眺めているだけでよかった。

2

あやかしの幼年期は短い。

極端なところだと第一皇子『金雅《キンガ》』は生まれた直後に自らの足で立ちあがってペラペラと喋りだし、明くる日にはたくましい青年の姿に成長したという。最弱と知られる第四皇子『錫苑《シャクエン》』ですら、生まれて三年後には美しい少年の姿に変貌《へんぼう》している。

炎魔の血筋にかぎらず大抵のあやかしはある日突然そのようなかたちで『覚醒』し、以後は人間の数倍から数十倍の年月をかけてゆっくりと歳を取っていく。覚醒後の容貌《ようぼう》は個々によってまちまちで、中には座敷わらしのように変化がほとんどわからない種族もいる。とはいえ一般的に、幼年期が短ければ短いほど強いあやかしに育つといわれている。

黒楼の場合はどうだったか。孤児であるため正確なところはわからないが、およそ三十年は幼年期の姿のままですごしていた。

なんと人間よりも遅い。そのため貧民街で拾われたばかりのころは、座敷わらしのようなあやかしだと勘違いされることもしばしばあった。

「――そもそも、あなたは死産に近い状態で生まれたようですね」

晴れて鬼皇の姿に覚醒したばかりのころ、育ての親である紫耀はそう説明した。頼んでもないのに万魔京学術院の書庫に潜入し、出生当時の記録を漁ってきたらしいのだ。

「手足がどこかもわからぬ肉塊のような状態。そんな姿で生まれた我が子を見て、炎魔は怒りにかられ屋形船のうえから投げ捨てた、とあります」

「よくそれで死なずにすんだな、俺は」

「まったくです。つまりあなたは赤子となる前の状態で生みおとされたあげく捨てられ、そこから貧民街でしぶとく生き残って幼年期を迎え、不断の努力のすえに今ようやく王の器として覚醒したことになります。前代未聞の三段進化」

紫耀の冗談めかした言葉を、鼻で笑う。

そのあとで黒楼は問いかける。

自らの出生について、ひとつだけ聞いておきたいことがあったのだ。

「母はどんなひとだった」

「あやかしの祖、神獣と呼ばれる一族の末裔《まつえい》です。我が子を生みおとした数日後に自ら命を絶ったと記されています。あなたが肉塊のような姿で生まれたのは、彼女の呪《のろ》いによるものだったのではないか、とも記録にはありました」

「どういう意味だそれは」

「炎魔に対してのささやかな復讐《ふくしゅう》でしょう。死産であれば、鼻をあかすことができる」

育ての親ではあるものの、紫耀という男はどこまでも残酷だ。黒楼を王に育てるためならば、耳をふさぎたくなるような真実でも嬉々《きき》として打ちあける。

だが、やはりそうだったか、という納得はある。

俺は生まれたときから。

父親にも母親にも。

愛されたことはなかったのだ。

◇

「黒楼はなぜ、オフのときはホストみたいな格好をしているのですか？」

日課になりつつある稽古を終えたあと、彼方はずっと気になっていたことをたずねてみる。ちなみにこういうとき、クロは同伴していない。

「一時期は暇さえあれば現世に遊びにいっていたからな。気がついたら普段着になってい た。スウェットにジーンズみたいな組みあわせだと逆に浮くんだよ。なもんでギリギリ人間っぽく見えるのがこの格好だったわけさ」

「なるほど……。でも仕草が上品すぎて最初に会ったとき、お忍びで観光にきているセレブかなんかかと思いましたよ。まあ騙されたは騙されましたけども」

「そうなのか？　じゃあもっと貧民街っぽくしなきゃだめか。しかし鬼皇としての振る舞いが癖になってんだよな。その点でいうと普段のお前は見事なものだ。もうちょいボロを出すかと思いきや、日増しに『トワ』が板についてきている」

急に褒められたのでにやけてしまう。

「ほかに聞きたいことはあるか？　ついでだしなんでも答えてやるぞ」

「じゃあ……今以上に強くなるためにはどうすればいいのでしょうか。黒楼だって昔は弱かったのですよね。修練のコツとかあれば教えてください」

今度はでっけえため息を吐かれてしまった。

「それは毎回稽古のたびに教えているだろう。兄を助けるだけでなく誰からも必要とされる隊士となれ——お前にそう誓わせたのは俺だが、だからといって戦うことにしか興味がないのはどうかと思うぞ」

「え、なんですかクロみたいに。黒楼に聞きたいことといえばそれ以外にありませんよ」

「ないのか……？　本当に……？」

ものすごく残念そうな顔をされた。なぜだか肩をがっくりと落としているし、もしかしなくても選択肢を間違えてしまったかもしれない。

だが——厄災討伐の際にあんな姿を見せられたら、真っ先に聞かずにはいられない。それは彼方にかぎった話ではなく、ほかの隊士だって変わらないはずだ。

黒楼というあやかしは、夜空に浮かぶ星のようなものである。

神楽にせよ泉吹にせよ、あの葬武でさえ、遠くから眺めて憧れを抱くほかない。手を伸ばしてつかもうとするには遠すぎて、自分とはまったく異なる世界にいる存在なのだと膝を折ってしまうのだ。

彼方はしばし黙りこむ。

それを見て、対面の鬼皇はバツが悪そうに頭をかく。

「焦るな。お前は自分が思っている以上によくやっているし、今の調子で精進していけばおのずと目標も達成できるだろう。兄の病気を治す手立てについては泉吹が今も調べてくれているし、桃夏のツテを借りれば希少な薬材だって手に入る。ふたりが手を貸してくれるのは、お前が隊士としてひたむきに努力しているからだ」

「でも……」

「納得できないというなら手を出せ。そして、俺の手と合わせてみろ」

いわれるがままにそうする。

黒楼の手のひらは自分のものよりずっと広く、そして傷だらけだった。

「かけてきた年月の差を考えろ。俺は千飛んで二十五歳だ。お前は？」

「今年で十六、です」

「なのにこれほど力強い。つまりいずれは追いつくということだ」

無茶苦茶なことをいう。

こちとら普通の人間なのだ。足もとにたどりつく前に寿命を迎えてしまう。

だが、傷だらけの手をまた褒めてもらえて嬉しかった。

昔からずっと、妹の日向みたいな指先に憧れていた。

綺麗で。見るからにみんなから大切にされていて。

でも今は──。

「精進が足りませんか。私は」

「まずは俺に一太刀でも浴びせられるようになれ。次の稽古までの課題だな」

◇

だが、次の日には稽古どころではなくなってしまった。

厄災討伐から三日後。あやかしの歴史はおおきく動いた。

炎魔大帝。万魔京が築かれて以来およそ五千年以上もの間、絶対的な統治者として君臨していた『王』の治世が、ついに終わりを告げたのである。

巨星、墜《お》つ──大帝崩御の一報はまたたくまに広がり、幽世を飛び越えあまねく世界に響き渡った。

残ったのは空の玉座。

いったい誰が、次の大帝となるべきか。絶対的統治者として君臨していた炎魔にかわり、新しい時代を担うにふさわしい王の器。

民衆たちは顔を見あわせ、囁きあう。その中で真っ先に名があがったのは。

当然、黒楼である。

◇

「崩御ということは、空位になった大帝の座をめぐって皇子たちが争うのですか？　まさかいきなり戦争になったりとかは……しないですよね？」

「安心しろ。当面は空位のまま施政局の巫女たちが職務を代行する、という話になっている。いずれは王位継承をめぐって皇子たちが争うことになるだろうが、武力による衝突ではなくあくまで平和的に選定されるとのことだ」

突然のニュースにあたふたする彼方に、クロは万魔京の商人たちから仕入れてきた情報を語る。こういうときはいつも動きが早くて、頼りになる式である。

「黒楼も参戦するのでしょうけど、ゲームみたいでワクワクしてきますね」

「んな呑気《のんき》なこといっている場合かよ。あのクソ総長様が大帝の座を狙うとなると、お前や夜廻組にだって影響がないわけじゃないんだからな」

クロが呆れたような顔をするので、きょとんとしてしまう。

黒楼はずっと王様になりたがっていたようだから、彼方としては『だったら応援してあげようかな』くらいのノリである。今の話だとほかの皇子たちと血で血を洗う争いを繰り広げるという雰囲気でもなさそうだし、であれば夜廻組の出る幕なんてないはずだ。

「お前さては、大帝って座っていればいいだけの仕事だと思っているだろ」

「え？　違うんですか？」

「普通にめちゃくちゃ激務だよ。政治とかの興味ないジャンルになると急にふわふわお嬢様の顔になるよなあ。つうか万魔京ができてからずっと王様やっていたようなエラいやつが死んで次は誰にするか決めるんだぞ。表面的にはバチクソやりあうことがなくても水面下では権謀術策なんでもありだ。ついこの間も黒楼を推してた施政局のボスが暗殺されたばかりだし、崩御の前から継承争いははじまっていたとみたほうがいい。あいつがもし本当に大帝になるつもりだったら、今のうちから動きださなきゃ出し抜かれる。つまりそう遠くないうちに——」

黒楼は、百鬼夜廻組からいなくなる？

そのことに気づいたとき、彼方は愕然としてしまう。

まさかそんなことがあるなんて、一度も考えたことがなかったからだ。

しかし実際のところ、きわめて現実的な話である。

かつて一番隊を率いていた紫耀とて、結婚を機に隊長の座を退いたのだから。

黒楼がいなくなることを、離れていくことを具体的に想像して。

彼方はどうしようもなく、不安になってしまった。

◇

定例の巡回任務をこなすべく熾天閣を出ると、肌寒さを感じて身震いする。

なぜ今日にかぎってこんなに冷えるのかと違和感を覚えるも、冬の朝なんて本来こんなものだったと思いだす。万魔京がこの時期でも暖かく過ごしやすかったのは、炎魔大帝が都市全体に結界を張っていたからだ。あやかしの王がいなくなった影響は、早くも肌で感じるかたちで出はじめている。生まれたときから快適な環境に慣れっこだった住民たちは、彼方以上に大帝の不在を感じているかもしれない。

町中を歩けば多くのあやかしが喪に服しており、それは移民や旅商人がひしめく最下層でも変わらなかった。『当面は空位のままで』というのは、あまりにも存在がおおきすぎるがゆえに、すぐには新たな王を受け入れきれないからというのもあるかもしれない。

なにせ五千年以上も君臨していたのだから、前大帝を偲《しの》ぶ時間も相応に長くなることだろう。

だがいずれは死を受け入れ、新たな時代の到来を望むようになる。

彼方は間接的ながらも炎魔の偉大さを理解し、その後継となるものは黒楼こそがふさわしいのだと納得する。誰もが大帝として即位することを願い、鬼皇自身もそのために今日まで努力してきたのだ。子どもみたいに駄々をこねたところで困らせるか呆れられるだけ。あのひとはきっと、みんなのものになる。

そこまで考えたところで、こんなふうに思い悩んでいること自体が恥ずかしくなってきた。みんなのものになるのが嫌だなんて、おこがましいにもほどがある。ありえない。冗談じゃない。ふざけるな。頬をバシバシ叩いて活を入れるも、刺々《とげとげ》とした感情はなおも腹の底から湧きあがってくる。

うさばらしに道端の石ころを蹴っ飛ばす。影の中に潜んでいるクロがトントンと足裏を叩いてくる。正体がバレそうだって？　お前はあれか、ちっちゃな女の子みたいにメソメソしやがってとでもいいたいのか。

「うっす隊長。今日はなんか荒れてるっすね」

「壱葉か……。そういえば現地で合流するって話だったな」

「フホホ！　弐戒も参上しておりますぞ！　今日は非番でしたがトワ隊長のご尊顔を拝みたかったゆえ、馬車馬のようにこき使ってくだされ！」

と、でっけえアルマジロがぐいぐい肩を寄せてくる。こうも懐かれるとさすがにちょっと鬱陶《うっとう》しいのだが、実務においては優秀な部下なのでむげにはできない。彼方は肩を落としたあと、あらためて『トワ』の仮面をかぶる。

とはいえその日は平和そのもので、普段の喧騒が嘘のように静かな空気に満ちていた。巡回している身としては逆に落ちつかず、むしろ嵐《あらし》の前の静けさのような不穏な空気を感じてしまう。それは彼方だけではなかったようで、

「これからどうなっていくんすかね、万魔京」

一つ目小僧のおおきな瞳に、黒一色の市場が映っている。誰も彼もが身を寄せあいながら、葬式を終えたばかりのような姿で語らっていた。

未来のことは誰にもわからない。だからこそ不安になってしまう。

黒楼が王様になれるか、百鬼夜廻組を退くかどうかすら、決まったわけではないのに。もしそうなったとしても、今すぐにということにはならないはずだと理解していても。

いつかはそうなるかもしれない。

ただそれだけのことで、昔の弱い自分に戻ってしまう。

最近はうまくやれていると思っていた。
立派に兄の代わりを務めていると自負していた。
なのに――。
クロが執拗《しつよう》に、足裏をトントンと叩いてくる。
わかっている。わかっているってば。
私は『トワ』を。
完璧な兄を。
演じなくては、ならないのだ。

3

「事情は把握いたしました。ですがトワ様におデートの約束をうっかりド忘れされたあたくしも、昨日はガチめに鬱《うつ》のままひとりメシしておりましたのよ」
「それはもう本当に……ごめんなさい。しかも誘ったの、ぼくのほうですよね。術具のメンテナンスを頼みたいのでついでにどっかランチ行きませんかって」

大帝崩御の報から三日後の昼。桃夏の工房に呼びだされた彼方は、ランチすっぽかしの件について深々と謝罪する。「昨日はなにをしておりましたか？」と問われた際、なんにも考えずに「部屋でずっとごろごろしていました」と返したばかりになおさら空気は重かった。

「罰として今日は桃夏のわがままを聞いていただきます。親しき仲にも礼儀あり。よろしいですか、トワ様。いえ——カナちゃん！」

「ちょっ……！　本名⁉　しかもちゃんづけ⁉」

「ふっふっふ。万魔京にきた経緯はあの犬っころからだいたい聞いておりますからね。カナちゃんの服をひん剝いて脇腹を治したときにっ！」

彼方は唖然として、後ろで腕を組んでいるクロを見る。主に忠実なあやかしであるはずの式は、悪びれもせず「下手に詮索《せんさく》されるよりはマシだろ」とのたまう。

確かにあのときは緊急事態だったし、桃夏を信頼できると判断したことに異論はない。とはいえやんわり匂《にお》わせる程度に留《とど》めているかと思いきや、けっこうがっつり話していたとは……。しかも桃夏は桃夏で、

「こういうこともあろうかとお洋服を用意しておきました。幽世のトップデザイナーによるオートクチュール、あとは現世から取り寄せたハイブランドの数々。もちろんアクセサ

リもありますし、あとはあたくし自らが開発した術具エクステ！　これなら髪が短めのカナちゃんでもバリエーション豊かにいろんなスタイルを楽しめますことよっ！」

「やだやだ！　そういうのは断固拒否っ！　ていうかフリフリばっかじゃん服っ！　女の子やっていたころでも恥ずかしすぎて無理だよぜんぶっ！　待て待てやめろいきなりツインテは覚悟いるから！　助けてクロ！」

「諦めろ。約束をすっぽかしたお前が悪い」

「ちなみにこのツインテ型エクステは妖力をこめてケモ耳を生やしたりもできます。一般あやかしに変装して潜入任務をするときに便利ですわよ」

おふざけアイテムと見せて意外と実用的。こういうところは桃夏もしっかり職人である。抵抗を諦めて装着してみると、マジで頭から猫耳がぴょこぴょこ生えてきた。……なに笑ってんのクロ。はっ倒しますよ？

じたばた暴れると余計に見苦しくなりそうだったので、変装が必要になったときの予行練習と割り切って着せ替え人形の身分に甘んじる。

エクステを盛られメイクを施されひらひらふりふりの衣装に身を包み――とクリスマスツリーさながらに飾りつけされると、見る見るうちに良家のあやかしお嬢様っぽくなっていく。ズボラな自分だけではどんだけ気張ってもこうはなるまい。ファッション誌ですらなかなか見ないようなえぐいハイヒールまで履かされた。幽世の社交界ではこんな動きにくい格好をしなければならないのだろうか。さらしを巻くほうがよっぽど楽に思えてしまう。

面白がっているのかクロがガラガラと姿見を持ってきた。彼方が今身につけているのはスタンドカラーに金の飾りがついた黒いチャイナ風ドレスで、スリット部分はゆるやかにドレープがかかっている。肩はレース仕立てでうっすらと透けており、上品ではあるもののちょっとオトナっぽすぎるというか、なんだか無理して背伸びしているような気分だ。ツインテ型エクステも軽くパーマのアレンジがかかっていて、頭にちょこんと猫の耳が生えているのがなんとも気恥ずかしい。

しかし桃夏は腕を組みながら満足げにウンウンとうなずき、

「やはりあたくしの見立てに間違いないですわね。カナちゃんは細くてスタイルがいいから黒が似合いますわね。このタイプは万魔京に古くから伝わるドレスですから、フォーマルの場でもそのままイケます。舞踏会に乗りこめばどんな紳士でもイ・チ・コ・ロ。『カナちゃん最高！　笑って笑って！』になりますわ」

「めちゃくちゃ早口で怖いなこの女。だが、馬子にも衣装とはこのことだな。今の姿を兄に見せてやれば、きっと涙を流して喜ぶだろう」

クロですらノリノリで、どっから持ってきたのか術具のカメラでシャッターをパシャパシャと切る。まったく見え透いたお世辞を……と思わなくもないのだが、ふたりの表情は嘘をついているようには見えない。それにさすがにここまで褒められると、彼方としてもまんざらではなかった。

試しにポーズを決めてみて、姿見に映る自分の姿を見て「おや？」と感じた。幽世にきたばかりのころよりも、身体全体が引き締まっているような気がする。とくに腰のあたりが顕著で、モデルみたいにしっかりとくびれがついている。スタイルがいいという感想は、たぶん激務で鍛えられたからだろう。黒楼のいうとおり、鍛錬の成果は普段の佇まいや所作にも表れるのだ。

「主はちょっと頑張りすぎなくらいだからな。そりゃ普段は気を抜かず『トワ』を演じなければならないが、かといってずっと肩に力を入れていると無理が生じる。兄のふりをすることに疲れてうっかりボロを出さぬよう、たまにはこうして本来の自分に戻って息抜きをしたほうがいい」

「そう、なのでしょうか。ぶっちゃけ今もソワソワして不安になるのですけど」

「カナちゃんはもっと素直に甘えていいのですよ。黒楼様だってきっとそれを望んでいるはずです。常に完璧でいようとする必要なんて、ないのですから」

桃夏はそういって優しい笑みを向けてくる。

現世にいたころは兄以外の誰かと親しく接した経験はなかったし、ましてや甘えるなんて願うことさえできなかった。だからこうやって諭《さと》されても、本当にそのとおりにしていいか不安になってしまうのだ。

弱さを見せることにならないだろうか。いや……そもそも強い姿を見せようと気張ること自体、桃夏たちから見ると子どもっぽく映るのかもしれない。一番隊の部下たちだって自分よりずっと大人なのに、弱いところもダメなところも隠すことなく気ままに暮らしている。たぶんあれが、正しいかたちなのだ。

そこまで考えたところで、黒楼のことを思いだして再び表情を曇らせる。

あのひとは王になろうとしている。そのために今日まで血のにじむような努力を続けてきた。私があの狭い世界を飛びだして、はるばる幽世までやってきたみたいに——自らの願いを叶えるために、新しい道を歩もうとしているのだ。

なのに寂しいからそばにいてくれだなんて、そんな身勝手な感情をぶつけることなんて絶対にできない。道をふさいで引きとめて、駄々っ子みたいにわがままをいって、ここまで自分を導いてくれたひとを困らせるなんて、恩知らずにもほどがある。

彼方はあらためて、鏡に映る自分の姿を見る。

眉はきりりとして、スリットから伸びる足は我ながら実に見栄えがいい。ヒールを履いているぶんいつもより背が高く、これなら現世の社交界はもちろん、あやかし貴族の晩餐会に出席しても嘲笑《あざわら》われることはないだろう。

立派な隊士になるという志はまだ道なかば。みなに必要とされている実感だってまだ薄い。しかし忌み子と呼ばれて縮こまっていたころの面影《おもかげ》はどこにもなく、考えようによってはかつて望んでいた『彼方』に近い姿になっているかもしれない。でも——。

「やっぱり私はトワのほうが性に合っていますね。こんな姿、恥ずかしいです」

「えぇー。残念」

桃夏は不満気にそういって、ドレスを脱ごうとする彼方に手を貸した。せっかく用意してもらったのにこの態度はあんまりな気もするが、一刻も早く『元の姿』に戻らないと我慢できなくなりそうだ。

忌み子かどうかなんて関係ない。私はつくづく嫌いなのだ。

弱くて。甘ったれていて。先へ進もうとしているひとを素直に応援できない。

ありのままの自分が。

◇

黒楼はいまだに夢を見る。

幼年期の記憶がおぼろげに残っているのだろう。千年を経ても過去の苦しみや痛みは根深く残り、目を覚ましたときに嫌な汗をかいていることがある。

あのころは自分が不幸だとも思っていなかった。この世に生を受けたときから愛も希望も知らず、孤独と絶望と飢えと怒りと悲しみを手のひらいっぱいに抱えていたからだ。

それが常だと認識していれば、わざわざ気力を振り絞って立ちあがることはない。物陰《ものかげ》にじっと潜んで耐え忍ぶ。運よく近くに飢え死にしたやつがいたら、亡骸《なきがら》から衣服を剝いで寒さをしのぐ。喉《のど》が渇けば泥水を啜る。腹が減れば物乞《ものご》いをするか、市場からくすねる。

悪事が見つかってしこたま殴られることも多かったが、あいにく身体だけは丈夫だった。母親の呪いによって虚弱な姿で生まれても、奥底には炎魔の力が眠っていたからだ。それだって地獄のような修行を経て、生まれたときに課せられた宿業を撥ねのける強さを得てようやくわかったことである。立ちあがるきっかけがなければ、なにも知らず死んでいた。
紫耀は、お前は王になる器だといった。
その言葉に、すべてを諦めていた俺を立ちあがらせるほどの力はなかった。
信じられるわけがない。
これほど弱く薄汚く愚かな小僧が、誰からも必要とされる存在になるとは。
俺は俺のことが、つくづく嫌いだった。
憎んでさえいた。いっそこのまま死ぬべきだと思っていた。
そもそも欲しいのは『強さ』じゃない。

「ならば、見せましょう。あなたが望んでいる未来の姿を」

そして俺は立ちあがるきっかけを手にいれた。
初恋、だった。
お前に愛されたかった。必要とされたかった。
この世界で生きる意味を教えてくれたのは、千年先にいる少女の笑顔だった。

「今さら口にするには気恥ずかしすぎる言葉だな……」

黒楼はしみじみとそう呟いたあと、総長室の真っ白な天井をあおぐ。

あのとき抱いた想いは今なお鮮烈に胸に刻まれたまま、ことあるごとにちくちくとむず痒《がゆ》さを感じさせる。晴れて最強の鬼皇となったからこそいっそう不格好で、待ち焦がれた相手と向きあうたびに振りまわされ右往左往してしまう。我ながら実に滑稽だと自嘲《じちょう》せずにはいられない。

彼方の顔を実際に見たとき、千年もの間わずらっていたこの病は、より強くあらがいがたいものに変容したように思う。

俺は愛されたかった。がむしゃらに求めていた。

だが今は、それとは真逆の感情に支配されている。

気づいたからだ。

忌み子として蔑まれて、生きる意味を失っていた少女の瞳が――。

幼いころの自分とまったく同じものであると。

愛情というのは求めるものではなく、与えるものなのだ。彼方を幸せにすることが俺の生きる意味であり、輝かしい未来はその先にある。

黒楼は椅子の背もたれに寄りかかりながら、真横にある書架をにらみつける。

「クソ兄貴どもの動向は探ってきたのだろうな」

「もちろんですとも。それが我々零番隊の役目ですから。といっても今のところメンバーは私とワイフとキッズしかいませんが」

いつものように隠し部屋に潜んでいた紫耀が顔を出す。相変わらずの黒スーツ。おまけに今日は手土産のつもりなのか、ドーナツの箱を手にさげている。

ちなみに零番隊はコードネーム『ダーリン』こと紫耀の指揮のもと、キジムナーの『キッズ』が諜報任務を担当し、女天狗の『ワイフ』が彼方の身辺警護にあたっている。実は葬武が襲撃した際も、命が危うい状況になれば加勢する手はずになっていた。でなければ紫耀を殴り倒してでも助けに向かっていただろう。

紫耀はデスクの端っこに手土産を置くと、ブリーフケースからコーヒーボトルを出して優雅に朝食を取りはじめる。本当に盲目なのかこいつはと毎度のことながら呆れつつ、黒楼は仏頂面のままドーナツの箱を開ける。

中に入っていたのは調査報告書だった。

隠密部隊だからといって、ここまでスパイっぽくする必要はない。オールドファッションの油でベタベタしているし、おふざけも大概にしてほしいところだ。

「第一皇子『金雅』ならびに第四皇子『錫苑』は今のところ目立った動きなし。錫苑のやつは無能だから捨て置いて問題ないが、金雅にかぎっては注意が必要だな。施政局の後押しを失った以上、現状においてもっとも玉座に近いのは俺ではなくあの男だ」

「第三皇子『琥珀《コハク》』と第五皇子『白磁《ハクジ》』はやはり後任への引き継ぎが追いつかず、万魔京に帰還するまで今しばらくかかりそうです。しかしいざ相対すれば、金雅様と同等の脅威となりえましょう。彼らは遠く離れた土地ですでに『王』として君臨しています。その一点においては、黒楼様より先をいかれている」

「残るは第二皇子の『銀夜《ギンヤ》』か。あいつは大帝の座に興味はなさそうだが、性格的に俺と似たようなところがあるからな……」

「今はまだ大丈夫そうですが、どこかで彼方様のことを知ると面倒な話になりそうですね。まあそれをいったらほかの皇子たちも同じですが」

「俺たちは結局、似たもの同士の兄弟だ。どいつもこいつも根っこは身勝手で低俗な鬼でしかない。だからこそ継承争いにかこつけて始末しておく必要がある」

「あくまで優先すべきは彼方様ですか。恋の病というのは度し難い」

返事はしなかった。

幼いころからのつきあいなのだ。耳にたこができるほど聞いた皮肉である。

せめて彼方が、普通の娘であったならと思ってしまう。あのちいさな体には万魔京の歴史を覆すほどの資質が眠っている。葬武が嫉妬まじりの危機感を抱いたように、力の強いあやかしであればあるほどその輝きに刺激されるのだ。

それが炎魔の血筋ともなれば、どれほど苛烈《かれつ》な反応を示すか。愛情と憎しみは紙一重だ。残虐非道な兄たちの中に自分と同じ感情が芽生えれば、四肢を捥《も》いでもその身を手に入れようとするはずだ。ならばこそ俺は兄たちを討ち滅ぼし、王とならねばならない。

できれば現世に隠したままにしておきたかった。

しかし運命は彼方を万魔京に誘《いざな》っていたし、兄に成り替わる道を選ばなければ、あの娘は生きる気力を失い命を絶っていたはずだ。

結局、こうするしかなかったのだろう。

しかしすべてが、あのとき見た未来と同じになるとはかぎらない。予言や神託は受け手によっていかようにも変化し、すべては実現しうる『可能性』のひとつとして示される。ただひとつ確かなことがあるとすれば——よりよき方向に進もうと努力しなければ、運命の歯車はたやすく狂うということだ。

「計画は順調です。炎魔の崩御でどこもバタバタしていますから、少なくとも今しばらくは皇子たちの目が彼方様に向くことはないでしょう」

「だとしても警戒を怠るな。あいつが幽世に慣れてきた今が一番危ない」

結論からいうと、黒楼の危惧《きぐ》は正しかった。

女天狗の諜報員から定時連絡が途絶えたのは、それから三日後のこと。

さらに翌朝、最下層の路地裏で式のクロと思わしき人狼の遺体が発見された。

花柳院トワは、万魔京から姿を消した。

その消息はいまだ、定かではない。

4

時間はすこしさかのぼる。

失踪《しっそう》する前日。彼方は自室でぐんにょりとしていた。

黒楼が多忙ということもあり、各隊の長がいくつかの業務を代行することになった。強盗事件の捜査、遺産相続をめぐるいざこざ、麻薬密売ルートの特定……そのどれもが普段の彼方なら音をあげかねない厄介な案件だ。こんな仕事を毎日並行処理しながら、暇を見ては彼方の稽古もつけていたのだと思うと、あらためてその偉大さを思い知る。あのひとはただ強いだけではない。すべてにおいて完璧な男なのだ。

自分がいかに未熟か痛感したし、無意識のうちに甘えていたことも自覚してしまった。忙しい立場だと知っていたのに、稽古をつけてくれとねだっていた。黒楼が断ったり、嫌な顔をしたことは一度もない。いつも兄と同じような目をしながら、厳しくも優しく手合わせしてくれた。

　早く一人前になるべきだ。誰からも認められる立派な隊士になって。兄を助ける方法も見つけて。あとはもう大丈夫って笑いながら背中を押してあげるのが、今の自分ができる唯一の恩返しだろう。

　なのに気がつけばため息を吐いている。

　一時的とはいえ総長の業務を代行させるようになったこと自体が、百鬼夜廻組から去る準備をはじめているみたいで嫌だった。強くならなきゃと思えば思うほど気が急《せ》いて、完璧な『トワ』を演じるのが難しくなっている。

「またソファで団子虫みたいに丸まっているのかよ。『だー!』とか『んんもうっ!』とか、きったねえ声出すのやめろ。めちゃくちゃうざってえから」

「日増しに遠慮がなくなっていますね、クロも。主人に誠心誠意お仕えするのが式の役目なのですから、こういうときに優しい言葉をかけるとかできません?」

「お前は兄と違って甘やかすと図に乗るだろ。まったく……それくらいあのクソ鬼皇に対して図々しくなれたらな。たぶんそのほうが喜ぶだろあいつも」

その言葉にはかなりむっとした。

「うっさいばーか！　もう口きいてやんない」

「だから拗《す》ねるなら総長室でやれって。私のそばからいなくならないでって素直に甘えりゃ、せっかくの休日にこんなとこでうだうだやらずにすむんだよ」

ソファのうえに置いてあったクッションを投げつける。クロはひょいっとかわしたあと、半べそをかいているご主人様を鼻で笑った。

……もう我慢ならない。こんなやつとは絶交だ。

彼方は無言で立ちあがり、そのまま部屋から出ていった。


勢いで織天閣を飛びだしてみたものの、すぐに手持《ても》ち無沙汰《ぶさた》になってしまう。

桃夏を遊びに誘おうかと思ったが、あいにく今日は仕事で忙しいらしい。彼方が使いはじめたことで工房の評判があがり、術具の発注が増えているという。商売繁盛のお役に立ててなによりだ。しかしひとりしかいない友だちが捕まらなければ、彼方は当然ぼっちに逆戻りである。

あてもなく町を散策する、という手もある。ただ巡回中の隊士とばったり出くわす可能性があり、今日だけはそれを避けたかった。このぐずぐずなメンタルで完璧な『トワ』を演じるのは骨が折れる。できればなるべく顔見知りがいない、普段足を運ばないようなところで時間を潰すべきだろう。

しばらく考えたすえ、万魔京中層の中心部、都市のへそにあたる部分にある学術院を目指すことにする。いつぞや桃夏に、新たに目覚めた眼力について、詳しく調べてもらったほうがいいといわれたことを思いだしたのだ。

『お時間の都合がつき次第』という話だったのに、一ヵ月経ってようやく行動に移すのだからズボラ娘の本領発揮である。あと、元引きこもりの不登校児に学校的な施設はハードルが高い。校舎っぽい建物を見ただけで過去のトラウマが蘇《よみがえ》り吐いてしまいそうだ。

とはいえ夜廻組の隊士が巡回するエリアではないし、かつて在籍していた葬武は卒業後に揉めごとを起こして出禁にされている。唯一あるとすれば泉吹が研究のためにおとずれているパターンだが、彼がいたらいたで薬学について詳しく教えてもらえる機会が得られるかもしれない。永遠の病気を治す件については、重い病を患っている『妹』がいると説明して薬の調合を頼んでいるが、今のところ対症療法どまりになっている。自分が勉強したり調べたりしてなんとかなることとは思えないものの、なにもしないよりはマシだ。

というわけで彼方は、歴史ある万魔京学術院の門戸を叩く。

その最中、陰ながら警護にあたっていたワイフこと女天狗の諜報員が襲撃を受けていた。果敢に応戦するも、刺客は一介の隊士ごときでどうにかできる相手ではなかった。大帝崩御の報が流れて以降、様々な思惑がめまぐるしく動いている。彼方のあずかり知らぬところで、静かに嵐が吹き荒れようとしていた。

◇

「固有の妖術か調べるには予約が必要？　そういう鑑定ができる術師は専門職だから最低一ヵ月は待たされる？　夜廻組の隊士だからって例外はありません？」

ちょっと考えればわかることですよね。最後にそんな嫌味を吐いて受付のあやかし男性は窓口の戸をぴしゃりと閉じた。

清々しいまでの塩対応。だからこういう場所は苦手なのだ。

憤然としたまま学術院の長い廊下を大股《おおまた》で歩くものの、冷静になってくると常識がないのは自分のほうだったと反省する。最近なんだか踏んだり蹴《け》ったりだ。ちょっと油断しただけで、世間知らずのお嬢様が顔をだしてしまう。

そうこうしているうちに吹き抜けの中庭にたどりつく。万魔京学術院は幽世で見た中でもっとも巨大な建造物だった。いくつかの区画にわかれていて、彼方が今いるところは専門的な研究を行う中央棟である。外観としては校舎というより東南アジアの寺院が近い。幽世にありがちな和洋中ごった煮にしたような建物とは異なる趣があり、古代遺跡めいた雰囲気が漂っている。

それもそのはず、学術院の中央棟は万魔京がこの地に築かれたときから存在し、今日にいたるまでの『知識』を集積した図書館も併設されている。石段や円柱には蔦《つた》が蛇のように絡みつき、建物の壁面には得体の知れない古代文字が刻まれている。間違いなく炎魔大帝そのひとが施した結界。巨大な厄災が都市を蹂躙《じゅうりん》したとしても、この棟だけはびくともしないはずだ。つまりそれだけ貴重な書物が保管されているということである。

せっかくだからと、薬学の知識を集めるべく図書館へ向かう。道すがら、神道の巫女さんみたいな格好をした一団を見かける。施政局のあやかしだろうか。炎魔に従い万魔京を管理する組織であり、大帝亡きあとも彼の遺志を後世に引き継ぐべく職務を遂行しているという。

なぜだろう。遠目からうやうやしく頭をさげられた。一番隊の隊長であろうとも、身分としては大帝直属の臣下である巫女たちのほうが上である。むしろ礼をしなければならないのは、彼方のほうだったというのに。

図書館はやたらと広かった。年季の入った書物や研究資料が本棚にずらりと並んでおり、彼方を取り囲んでいる。建物自体は塔のような構造で、階層ごとにジャンルがわかれているらしい。彼方のほかに誰もおらず、司書らしきあやかしも見当たらない。これほどの施設でひとけがないのは奇妙だが、それよりも問題なのは、

「この中から目当ての本を探せと？　不親切すぎない？」

検索端末くらい用意しておけばいいのに。術具でそういうのあるじゃん。受付のひとも塩対応だったし、本格的に学術院が嫌いになってきた。

そんな有様《ありさま》だったので、ほかの閲覧者を見つけたときは心底ほっとした。線の細い穏やかそうな青年で、あやかし版草食系イケメンといった感じ。こちらの姿に気づくなりにっこりと会釈してきたので、自分も一礼したあと、

「あのー……もしお時間ありましたら、本を探すのを手伝ってくれませんか」

「構いませんよ。読みたい本がなくて暇していたところですから」

彼方はすぐさま青年に好感を抱く。話しかたや仕草が兄に似ていたからだ。

髪はうすめた墨のような鈍色。三つ編みにして垂らしているが、顔立ちがくっきりとし

ているからか女性には見えない。瞳は淡い紫色。痩せた身体のわりに肩幅は広く、そのアンバランスが余計に崩れ落ちそうな危うさを感じさせる。

服は質素な白シャツと細身のスラックスで、耳が尖ってさえいなければ人間と見間違えたかもしれない。貧乏学生のような格好をしているものの仕草が上品すぎるので、身なりに頓着《とんちゃく》していないだけで育ちはよさそうだ。

「探しものは、固有の妖術について記された書物でしょ?」

「え、なぜそう思うのですか」

青年は無言で笑みを返す。本当は兄の病気を治すために薬学の知識を集めたかったのだが、こうも自信満々な態度をされると訂正しづらいところがある。

とはいえ学術院にきたのは『眼力』について調べるためだから、本来の目的と考えれば、あながち的外れではないかもしれない。

「ひとめ見ただけでぼくの探しているものがわかるなんて、あなたはもしかして妖術専門の鑑定術師さんなのですか? だとしたら素晴らしい偶然ですね」

「残念ながら小生はただの引きこもりさ。夜廻組の隊士さんが学術院にくるときって、大抵は自分の力について調べたいときだからね。でも今日は鑑定術師さんを見かけなかったし、予約できなかったから自力で調べようとしたのかと、推理してみただけのことだよ」

青年は小首をかしげて考えこむようなそぶりをした。

「でも鑑定術師の先生が捕まらなくて本当によかったよ。君の力は万魔京でも一部のあやかししか知らないような機密事項だからなあ。まさかよりにもよって人間が、炎魔と同じ資質を持っているなんて知られたらきっと大騒ぎになる」

「待ってください。……今、なんと?」

思わず聞き返した。話の続きを待ってみるも、青年はくるりと背を向けて階段のほうへ歩いていってしまう。言動が意味深なうえにマイペース。こうなると戸惑いながらも追いかけるしかない。

万魔京にありがちなことだが、図書館の内部は結界によって空間がねじ曲がっているらしい。外周に沿って伸びる螺旋状の階段は上れど上れど終わりがなく、その間にいくつもの書架が蜃気楼《しんきろう》のごとく通りすぎていった。

やがてたどり着いたのは、書庫というより礼拝堂のような広間。中央に祭壇めいた卓が置かれ、古めかしい絵巻物が床まで垂らすように広げられている。丸天井の天頂部には黄金の冠をかぶった白髭《しらひげ》の男が描かれ、神聖な場所に闖入《ちんにゅう》してきた彼方を不服そうに見おろしていた。

今いる場所は機密事項にかかわる資料を保管する場所だろうか。周囲にはちりちりと埃が漂い、時がとまったかのような静謐《せいひつ》な空気が漂っている。

普通に考えたら、部外者が許可なく立ち入れそうな空間ではない。彼方ひとりだったら、結界に遮《さえぎ》られこの区画までたどりつけなかったはずである。

そうなると目の前の青年はいったい何者なのか。学術院か、あるいは万魔京の中枢において、相応の地位にいることは間違いなさそうだ。

「炎魔は大帝になる以前から、いくつかの稀有な力を持っていた。術の性質を理解し模倣する〈花眼《かがん》〉、視界を拡大し危険を感知する〈鳥眼《ちょうがん》〉、目にしたものの欺瞞《ぎまん》を暴き隠された真実を見抜く〈風眼《ふうがん》〉、見えざる力によって他者の心を支配する〈月眼《げつがん》〉が、それにあたる」

青年は美術館のガイドのように頭上を指さす。冠をつけた男の周りにはきらきらとした宝石が浮かんでいる。天井に描かれているのが炎魔大帝とその力を示したものなのは容易に推測できる。だが、そこでひとつ気になることがあった。

「宝石が、五つある……？」

「よいところに気づいたね。炎魔は自らの力について、まだ先があると常々語っていた。あれほどの知識を有し、数千年におよぶ生涯をかけてさえ、なおも未知の領域がある。ゆえに〈五聖眼《ごせいがん》〉と名づけたわけさ」

青年のまなざしは、彼方の『眼』に向けられている。

「君にも同じ力がある。でも、覚醒したばかりだからずっと弱い。今のところ使えそうなのはせいぜいふたつかみっつの力でしかない」

「たぶん……当たっていると思います。ちなみにこれって訓練すれば増えたりするものなんですか？　あくまでぼくの力が、大帝様の〈五聖眼〉と同じものだったとしたらですけど」

「なら試してみるかい？　それでもしうまくいくようなら、言葉で信じてもらうより手っ取り早いうえに実益もあるからね」

彼方はうなずく。自分の力がものすごく特殊なのはうっすら把握していたが、炎魔大帝と同列に扱われるとなるとさすがに受け入れがたい。図書館に足を運んだ理由についても外していたし、青年の言葉がまったくの見当違いということは十分にありえるのだ。

「君は〈花眼〉と〈鳥眼〉をすでに習得しているようだね。なら次に覚醒を目指すべきは、真実を見抜く〈風眼〉だ。簡単なゲームをしてみよっか。小生の言葉を聞いて、嘘か真《まこと》かをいい当ててくれたまえ」

面白そうだ。青年の雰囲気が兄に似ているのもあってか、こういうお遊びをよくやっていたことを思いだす。お互いの、会話を先読みするような駆け引き。

「小生はまだ女性とお付き合いしたことがない」

「真実？」

「髪は長いよりも短いほうが好き」

「嘘かなあ」

「君のことは今日はじめて知った。ここで出会ったのもまったくの偶然」

「……ちょっと待ってください。なんですか、それ」

彼方は一歩、退いた。

「そんなに身構えないでほしいな。小生はただ君に興味があるだけさ。普段はどんなこと考えている？　好きな食べものは？　苦手なものは？　楽しいと感じるのはどんなとき？　今までで一番悲しかったことは？　ああ、いいねその表情。ぞくぞくしてきちゃうよ。その柔らかそうな髪の一本一本からお腹に包まれた中身までぜんぶ、ばらしてじっくり眺められたらどんなに楽しいだろうね」

青年からただならぬ気配を感じた彼方はとっさに距離を取ろうとするも、なぜか相手の顔が近くにあり、青白い手に肩をぐっとつかまれる。

振り払うことができたのは、日々の鍛錬の賜物《たまもの》だ。

黒楼とはじめて会ったときの記憶がよみがえる。あのときも気さくな雰囲気にあっさり騙されたが、相手に害意がなかったからことなきを得た。

しかし今は、絶対に違うとわかる。

いつのまにか青年の額に鋭い角がはえている。この世のものとは思えない紫色の光が、埃にまみれた書庫をぼうっと照らしている。警戒してじりじりと後退する中でも、相手から伝わる冷気はいっそう険しさを増していく。

白い息を吐きながら、彼方は呟く。

「……今さらですけど、お名前をたずねてもよろしいですか」

「小生は錫苑。炎魔の血を引く皇子にして、君の未来の旦那《だんな》様さ」


今まで聞いた中で最悪の自己紹介だった。

兄に似ているから、なんて浮ついた気分は吹っ飛んでしまった。

この男が大帝の座を狙う皇子たちのひとりで、図書館で出会ったのも偶然ではないのだとしたら——なんらかの目的で、彼方に近づいてきたことは明白だ。会話の流れからして〈五聖眼〉とも関連があると考えておくべきか。

「小生はか弱くてちっちゃくて、毎日きちんとお世話してあげないと壊れちゃうような女の子がタイプなんだ。そういう意味では君は理想的だね。人間だもんねえ。ガラス細工みたいに華奢で脆くて、なのにとっても触り心地がいい」

黒楼と同じ炎魔の血を引くあやかしなのに、あまりに醜悪でぞわっとしてしまう。しかしむしろ錫苑のほうが、現世でイメージされている『鬼』に近い存在なのかもしれない。この男は人間である彼方を物珍しいペットかなにかのように扱っている。万魔京にきたばかりのころ、夜廻組の隊士たちからも似たような視線を浴びたことがあったが……そのうえにギラギラとした欲望まで乗っかっているぶん、余計に始末が悪かった。

だめもととは思いつつも、

「見てのとおり、ぼくは男ですけど」

「ゲームの攻守交代かな。君の事情はだいたい把握しているよ。花柳院トワ、じゃなくて彼方ちゃんだっけ。お兄ちゃんの病気を治すために正体を隠して怖いあやかしの世界にやってくるなんて、君って本当に健気で優しいんだね。黒楼はケチでイジワルだから夜廻組でこき使おうとしているけどさ、小生ならそんなことしないでも助けてあげる。だからどうかな。今からでも――」

「絶対にいやだ」

「なぜだい？　お兄ちゃん助けたくないの？」

「まず、お前のことが生理的に受けつけない。それと今の言葉が嘘ではないにしても、あとから気分でころころ条件を変えてきそうだから信用できない」

「すごいなあ。〈風眼〉ってそんなところまで見破るんだね」

彼方は無言のまま相手との間合いをはかる。

だいたいわかってきた。話している相手の姿がかすかにゆらいだら『嘘』だ。

存外にあっさりと真実を見抜く力が芽生えてしまったが、それを素直に喜べる状況ではない。錫苑とは会話しているだけなのに、じわじわと神経がすり減っていくのを感じる。この男については微塵《みじん》も興味がないしむしろ知れば知るほど嫌いになりそうだが、しかし聞かなければならないことは山ほどある。

覚悟を決めるべく、いったんふうと息を吐く。腕を組む素振りを見せながら、羽織の内ポケットに入れてある印籠に触れておくのも忘れなかった。結界に阻《はば》まれたこの空間で救助信号がどこまで届くかわからないが、やらないよりはマシだろう。

「お前の目的はなんだ？　最初からぼくを狙っていたみたいだけど、この眼の力が大帝様と同じ妖術であることとなにか関係があるの？」

「初対面のわりに質問が多いね。それだけ小生に興味を持ってくれたってことでいいのかな。現世でも合コンをするときはまず自己紹介からはじめると思うけど、ひとまず小生たち皇子の出生について話すとしよう」

いきなり生まれから語りだす合コンもないと思うが。とはいえそんなことでいちいち口を挟むつもりもないので、彼方は不意打ちを警戒しつつ耳を傾ける。

「さて――幽世の王としてすべてを手に入れたように思えた炎魔も、自らの力の『限界』だけは知ることができなかった。さらなる成長を目指すにせよ、そう思い立ったときにはすでにピークを過ぎていたわけさ。だからこそ優れた世継ぎを残そうとした。自らが持つ〈五聖眼〉を子に継がせ、成し得なかった可能性を次代に託すためにね」

だけど、と錫苑は笑う。同じ血をわけた兄弟だからか、ふとしたときの表情が黒楼とよく似ている。不遜にさえ見えるまなざしにかすかな自嘲が混じっていることに、彼方は今ようやく気づいた。

「皇子たちは炎魔と同じ力を持たなかった。幽世にいる中でも選《え》りすぐりのあやかしとかわるがわる契りを結び、ときには神獣や厄災でさえ犯したというのに、生まれてくるのは唾棄《だき》すべき失敗作ばかり。鑑定術師の力を借りれば、覚醒せずとも資質があるかどうかはすぐわかる。黒楼にいたっては調べる以前の問題だ。ほとんど死産のような状態というからね。六人も作ったうえでその有様だから、炎魔はあいつを捨てたあと、二度と子をつくろうとはしなかった」

今度は自嘲ではなく、この場にいない誰かを小馬鹿にするような笑いかただった。その相手が黒楼なのか炎魔なのか、彼方には判別できない。

「やがて炎魔は衰え、永劫《えいごう》に近い寿命にも終わりがあると知った。しかし彼よりもその事実に危機感を抱いたのは、施政局の巫女たちだ。幽世の歴史そのものに等しい絶対的支配者の『死』だからね。彼らとしては庇護者《ひごしゃ》を失うわけだし、なんとしてでもかわりを探さなくてはならない。だけど、六人もいる皇子たちはいずれも失敗作。施政局の巫女たちは悲嘆に暮れた。しかしそのとき、奇跡のような神託がもたらされた。現世に、炎魔と同じ力を持った人間が生まれる。それは百鬼夜廻組の羽織をまとった少年の姿をしていた。つまり、君のことさ」

錫苑のまとう空気がいっそう不穏なものになっていく。紫に光る瞳は鮮やかで美しいが、その奥のギラついた感情を隠しきれていない。

敵意？　いや、それ以上の殺意？　まだしっくりこない。葬武が向けてくるまなざしに近いものを感じるが、ずっと異質で、苛烈な色をしている。

「施政局も当初は君ではなく、兄の永遠に力があるのだと勘違いしていた。しかしのちに妹の彼方であるとわかり、よりスムーズに計画を進められることに気づいた。炎魔と同じ力を持つものが女であれば――子をなすことができる。皇子たちと番《つが》わせても〈五聖眼〉が継承されるかはわからないけど、試してみるだけの価値はあるってね」

ぞっとした。自分の周囲に潜んでいた、醜悪で身勝手な思惑を知って。

だが同時に、沸々と怒りが湧いてくる。

結局のところ、現世にいたころとなにも変わっていない。

忌み子だから。それが、炎魔と同じ力があるから、に変わっただけ。人間としての尊厳を無視され、空虚な大人たちの都合に振りまわされている。

「つまり次期大帝になるためには、ぼくと契りを結んで〈五聖眼〉の力を引き継いだ子どもを生ませなきゃいけないってこと？　それがお前の目的？」

「兄弟同士で争うよりは平和的な解決方法じゃないか。当面は父親が玉座に座り、折を見て我が子に譲って退位すればいい。何度かやってうまくいかなかったら次の皇子にまわして、炎魔の力が引き継がれるかチャレンジかな。……よくわからないのは黒楼だな。施政局の長はとりあえずあいつで試してみるつもりでいたらしいのだけどね。あいつはその動きを察するや否や、問答無用で施政局に乗りこんで暗殺しちゃった。労せず王となる権利を得られたはずなのに」

「黒楼が……？」

「君も隊士ならニュースくらい聞いたことがあるだろ。暗殺された長は夜廻組の支援者でもあった。まったくもって理解しがたい行動さ」

確かに小耳に挟んだことはある。しかしあれは最強の鬼皇を次期大帝に推挙しようとしていた施政局の長を、ほかの皇子が秘密裏に暗殺した、という推測がなされていたはずだ。実際はほかならぬ黒楼が手をくだした？　なぜ？

彼方はふっと息を吐く。足もとの床が今にも崩れ去りそうな錯覚を抱きながらも、必死に動揺をおさえ、考えをめぐらせる。

黒楼は意味のないことはしない。義に反したこともしない。王となる近道や夜廻組への支援を犠牲にしてまで、手を汚さなければならない理由があるはずだ。

ひとつしか思い浮かばなかった。

彼方を、守るためだ。

行動を振り返ってみれば、あのひとは出会ったときからずっとそうだった。

兄の名を騙り百鬼夜廻組に入ろうとしたときも。

稽古をつけてくれたときも。

普段のなにげない会話もすべて。

――私を支え、導き、守るためにやってくれていた。

彼方は妖力をこめ、銀色に輝く龍の腕輪を脇差に変化させる。

「いいのかい。せっかく手を差し伸べてくれた王子様を拒むなんて。女の子を口説くのははじめてだから距離感をちょっと間違えたかもしれないけど、小生なら君をきっと幸せにしてみせると約束するよ。何年いっしょにいても丁寧に扱うし、可愛いお洋服やアクセサリだっていっぱいプレゼントするし、毎日おいしい料理を食べさせてあげる。几帳面なタイプだから記念日も忘れないし、自慢じゃないけど観葉植物だって枯らしたことはない」

錫苑の姿はゆらゆらと揺れている。もし今の言葉がすべて真実だったとしても、彼方は構えを緩《ゆる》めることはなかっただろう。所有物としての幸せなんて願いさげだ。飼い主気取りの軽薄な男に、牙《きば》をむいてやる。

真横に一閃。無防備な胸もとに刃をお見舞いする。

この男に武芸の心得がないのは、喋っているときの姿勢だけでわかった。体幹は不安定でゆらゆらと傾いているし、とっさに回避できるような構えにもなっていない。実戦経験どころか、ろくに運動すらしたことがないかもしれない。

だが、相手はびくともしなかった。

「君があやかしであったなら、施政局だってまどろっこしい真似はせず、そのまま大帝の座を任せたかもしれないね。人間はどうしようもなくか弱くて、救いがたいほどに短命だ。比類なき〈五聖眼〉の力を宿し、目を見張るような武芸の才を備えてもなお、怠惰に生きてきた小生に敵《かな》わない」

「ぐっ……！」

腹をそっと撫でられた。生まれてくる子を慈しむような、優しい手つき。

しかし激痛が走り、彼方は口からごほごほと血を吐いてしまう。

膝から崩れ落ちそうになったところを、つま先で蹴っ飛ばされた。

衝撃。がらがらと壁が崩れる音。

腐っても大帝の血を引く皇子のひとりだ。ズブの素人であっても、今の自分よりずっと格上だ。しかしここで屈するわけにはいかない。

錫苑との『幸せな結婚生活』を想像して、身の毛がよだつような嫌悪感を抱いてしまう。想像しうるかぎり最悪の生き地獄。ナメクジかミジンコか葬武といっしょに暮らすほうがまだ耐えられるかもしれない。

武芸の基本は体幹だ。身体の軸を一定に保ち、流れるような体重移動が効率のよい力の伝達を可能にする。当然の理屈だが、妖力によるもっとも基本的な陰陽術——いわゆる身体強化は体捌きが巧《たく》みであればあるほど効果を発揮する。

神楽に銘をつけろといわれたので、付喪神の脇差には〈刹那《せつな》〉と名づけた。

今の自分は兄の代役を演じているにすぎず、いつかは本来の姿に戻る定めにある。そのことを忘れないようにするための戒《いまし》めであり、この一瞬を必死に生きることを誓う決意の表明でもあった。

「雰囲気が変わったね。小生を認めてくれたことは嬉しいけども、まだまだ理解が足りないといわざるをえないな。たかだか式ごときで裏をかけると考えているなんて、さすがにちょっと舐めすぎじゃない？」

……葬武のときのようにはいかないか。

彼方はため息を吐き、巻物の影に潜んでいたクロを呼び寄せる。

「まったく、救助信号がなけりゃ見つけられなかったぜ。まあこんなヤバい相手とやりあうハメになるなら、拗ねて出ていったクソガキ主なんて追いかけずにシカトぶっこいときゃよかったなと後悔しているが」

「なんだかんだ文句いっても助けにきてくれるから好きですよ。クロ」

「ほかのやつにもそのくらい素直になってみろや。黒楼とか」

まだいうか。

だが、この局面を乗り越えたらそうするべきかもしれない。照れくさいけどせめてありがとうとか、感謝してますとか、もっと頑張りますとか。弱い姿を見せるとか甘えるとかじゃなくて、この気持ちをありのままに伝えたい。今のところあのひとに返せるものなんて、それくらいしかないのだから。

だからまずは、目の前にいる男から片づけるとしよう。

こんなくだらない話にさっさとケリつけて、黒楼のところに戻らなくては。

◇

しかし現実にはそうならなかった。

彼方の脇差は根本からへし折られ、クロは血に塗《まみ》れた姿で突っ伏している。

すべてを計画どおりに進めた錫苑は、横倒しになった書架に囲まれながら愉悦の表情を浮かべている。ぼろぼろになった人狼の式は宙に浮かび、くの字に折れたあとで再び床に転がった。これにて演目はフィナーレをむかえたことになる。

計画が思いどおりに進むと気分がいいな。

これであの忌々《いまいま》しい兄弟たちの鼻をあかしてやることができる。

無能。最弱。知ったことか。

力なんてあっても無駄なだけ。努力なんてしたところで意味はない。

必要なのは好機を逃さない抜けめのなさと、それを呼びこむ運だけだ。

錫苑はゆっくりと彼方に近づき、耳もとに囁きかける。

まだ意識はあるだろうか。

聞こえているかな。聞こえているといいな。


——この世界に生まれてきてくれてありがとう。彼方ちゃん。

5

「状況は最悪とはいえません」

「気休めはやめろ。紫耀」

黒楼はぴしゃりと告げる。今にも感情が爆発しそうだった。

総長室で、腹心の部下とふたりきりだったのが幸いである。この場にもし神楽や葬武がいたら、驚きのあまり目をむいていただろう。

それくらい、普段の余裕ぶった態度からはかけ離れた表情になっていた。

「こういうときこそ落ちついて対処すべきです。あなたはそう遠くないうちに幽世の王となる身。これまでもこれからも、いくつもの苦難が立ちはだかるでしょう。そのたびに余裕がなくなり、我を失い、合理的な判断を損なうつもりですか？」

「黙れ。俺は王になりたいわけじゃない。ただ――」

口にしかけたあとで、デスクに肘をつき両手で顔をおおう。

彼方。

兄たちを排除しようとやっきになるあまり、守るべき存在に対しての配慮がおろそかになっていた。自分がことを急いて、周りが見えなくなっていたからこそ招いた失態。

しばらく沈黙が続いたあと、絞りだすようにいった。

「あいつを失うわけにはいかない。たとえ、ほかのなにを犠牲にしても」

「承知しております。あなたにとって、彼方様こそがすべて」

ほんのすこしだけ冷静になった。

また確認するように、言葉をつむぐ。

「俺はずっと待っていた。この世にあいつが存在していない、はるか昔から」

「まったく……私はあなたを王として見いだしたのに、そちらにはまったく興味を示さなかったのだから困ったものです」

「それほど美しかったのだ。王となった俺の隣で笑う、彼方の姿が」

今でも目に焼きついている。

貧民街で拾われたあと、紫耀が術具を用いて鏡に映した――未来の光景。

煌めく黄金の冠。虹色の光沢を放つ真っ白な布衣《ぬのぎぬ》。

猛々《たけだけ》しく成長し、貫禄たっぷりに腕を組む、王となった自分。

そんなものは目の端に引っかかった程度でしかない。

ひとめ見るなり、隣で笑う少女の姿に釘《くぎ》づけになってしまった。

艶《つや》のある黒髪。きりりとした眉。

細くしなやかな身体は、王と揃いの布衣に包まれている。

しかしなにより心惹かれたのは、隣にいる自分に向けられたまっすぐなまなざしだ。少女は太陽のような眩しさで、未来の俺に笑いかけていた。

俺は鏡に映るその乙女が、欲しくて欲しくてたまらなくなった。

ほかのものにはなにひとつ興味がなかった。

だが今は、幼いころから抱き続けた願いすら、捨てさっても構わないと感じている。

「俺は彼方を幸せにしたい。ただ笑い、前を見て、自らの力で信じた道を歩みだしてくれたら、それだけで俺は幸福を得られるのだ。たとえこの身が砕けちりぢりになろうとも、彼方が笑っていられるなら、喜んでそれを受け入れよう」

「ならば今一度、鬼皇となりなさい。いかなる苦難を前にしても屈せず、万事を掌握し我がものとする、完璧な自身の姿を思い浮かべるのです」

わかっている。

今までだってそうやって乗り越えてきたのだ。

黒楼は顔をあげ、自らの理想とする『鬼皇』の仮面をかぶる。万魔京に潜むあらゆる悪意が、彼方の中に眠る資質を求めるだろう。あるものは自由を、あるものは尊厳を、身勝手に貪《むさぼ》り喰《く》らいつくさんとするのだ。ならばこそ俺はありとあらゆる手段を使って、彼方に群がる悪意のすべてを排除しなければならない。

もとより大帝の座に興味はない。

だが、王にならなければ、守れない。

すべては彼方のために。

俺がこの世界に生きる理由。幸福にいたる道はそれだけだ。

「油断すると気弱な小僧が顔を出すな。……最悪ではないという根拠は？」

「まず『ワイフ』の消息が判明しました。学術院近辺で彼方様を警護している最中、錫苑様に襲われ重傷を負ったとのことです。今は泉吹様の部隊で治療してもらっています」

「それは本当なのか？　錫苑は皇子の中でも最弱。身体能力の差はあっても、あの女天狗が不覚を取るほどではあるまい。それに彼方の重要性に気づくのも早すぎる。自前の諜報部隊を持たぬあの男がいったいどうやって――」

　黒楼は眉間に皺を寄せた。瞳は赤く光り、周囲に凍《い》てつくような冷気が漂いはじめる。感情が昂りすぎると鬼としての本性があらわになってしまう。

　いったん深く息を吐き、呟く。

「施政局の入れ知恵か。いっそ根絶やしにしてやりたいくらいだが、そうすると今度は万魔京の行政がめちゃくちゃになるからな。なんだかんだで必要な連中だけに敵とするには難儀な相手だ」

「だからこそ珊瑚亡きあと、錫苑を支持する一派が力を増したのかもしれませんね。王となるのが無能な男であれば、あなたや金雅よりも御しやすい」

　思わず黙りこんでしまう。

　彼方を守るためには必要なことだったが、結局はあの暗殺が引き金になって状況に変化が生じ、足をすくわれる結果になってしまった。最悪ではないが、かぎりなくそれに近い状況である。

「彼方様は今のところ無事です。子を生ませるためにさらうのですから、目的を果たすまでは母体として丁重に扱われるでしょう。それにあやかしが人間の娘と契りを結ぶ場合、きちんと種を宿すにはいくつかの儀礼的な手順を踏む必要があります。具体的には、異なる存在であるもの同士を結びつける大規模な術を事前に施さなければならないのです」

黒楼は心底ほっとした。命はもちろん貞操の危機もなかったのであれば、彼方の身に取り返しのつかない問題は発生していないとみるべきだ。

しかし――クロのことを思いだし、表情を曇らせる。

黒楼からすると彼方のまわりをうろちょろしている目障《めざわ》りな犬、でしかないのだが、当人はあの式のことを家族のように可愛がっていた。自分にとっての紫耀のようなものだとすれば、失ったことによる傷は相当に深いはずだ。

と思いきや、紫耀はあっけらかんとした顔でこう続ける。

「それとクロの遺体ですが、魂魄《こんぱく》の残滓《ざんし》が確認できませんでした。つまり」

「まだ……死んでいない？」

「普通はどんなに損傷が激しくても、精密な検査をすれば出てきますからね。検死を担当した泉吹によると、直前で幽体離脱に近いことをやって難を逃れたのではないかと。現世の陰陽師に長らく仕えていた式ですから、我々の知らない特殊な術を用いることができるのかもしれません」

そのあとで、感心したように呟く。

「ぜひとも零番隊にスカウトしたい人材ですよ。クロ自身がそこまで狙っていたかはわかりませんが、抜け殻となった肉体を媒介にして魂魄の現在地を割りだすこともできます。忠実な式で、しかも優秀な忍びとなれば」

「クロの魂魄は今、彼方のそばにいる」

紫耀はうなずく。黒楼はようやく笑みを漏らした。

確かに状況は、最悪ではない。

施政局の計略に不覚を取ったが、挽回できる余地は十分にあるはずだ。

そう思い立ちあがったところで、腹心の部下は告げる。

「今回の件がうまくいきましたら、彼方様に対しての振る舞いをあらためてみてください。あなたは王になる身ですが、常にそうでなければならないというわけではないのですよ」

「どういう意味だ?」

「ときには言葉にしたほうが、伝わることもある」

黒楼はふんと鼻を鳴らす。

今さら初恋だったとかなんとか、そんな気恥ずかしい理由を打ち明けられるものか。

◇

目が覚めたあとも、彼方はしばらく動けなかった。

炎魔の血を引く皇子に完膚なきまでに叩きのめされた。どんなに硬いものでも断ち切るはずの〈熾天剣〉はそよ風のごとく払われ、脇差に乗せて放ったところであっさりと受けとめられる。断絶の結界を上書きすることで無効化していたのだろうか。黒楼の兄だから、同じような妖術が使えると考えるべきだ。

いずれにせよ単純な力負け。人間とあやかし、否、幽世の王の血筋。スタートラインから差がありすぎる。幽世にきて兄の代わりに『トワ』の役目を務め、生まれ変わったような気分でいただけに、いっそう絶望感に苛まれる。

みっともなく負けたあげく拉致《らち》され、今やどこぞの洞窟《どうくつ》の中の地下牢《ちかろう》に閉じこめられている。ふかふかしたカーペットが敷かれているものの岩肌に直《じか》なのでゴツゴツして痛いし、お風呂やトイレも見当たらず、長期にわたって監禁されたときのことを考えるとぞっとしてしまう。

とはいえ普段ならこれしきの逆境、歯を食いしばって奮起して、すぐさま逃げだす手段を探していたはずだ。しかし今は、何度立ちあがろうとしても途中で心が折れてしまう。まるでしぼんだ風船だ。

理由はわかっている。クロがいないからだ。

「主をかばって死ぬなんて、どこの忠犬ですかあなたは」

最期の瞬間を思いだし、彼方はぽろぽろと涙をこぼす。

薄れゆく意識の中、小さな身体が無惨に折られたことは覚えている。あやかしであろうとさすがに助からない。家族のように思っていたクロは、二度と戻ってこないのだ。ごめんなさいごめんなさい。私が弱いばっかりに。

鉄格子の向こうから物音が響く。彼方は反射的に身構え、衣服の裾《すそ》をぎゅっとつかむ。

意識を取り戻したときには白い薄布一枚で、これでは誰が見ても女であるとバレてしまう。戦闘で負った傷のほかは身体に異常がなくてホッとしたものの、自分が拉致された理由が理由だけに、今後どんな辱めを受けるかわからない。いざとなったら舌を嚙んで死ぬ。それが最期の悪あがきというのは、あまりにみじめだが。

しかし地下牢の前にやってきたのは、可憐なあやかしの乙女だった。

頭に犬のような耳が生えていて、神道の巫女さんみたいな格好をしている。

「施政局の――」

「左様でございます。姫様」

巫女は微笑むと、幽霊のように鉄格子をすり抜けて入ってきた。トレイのようなものを持っていて、見慣れぬ料理がほかほかと湯気をあげている。

「契りの儀式まで、身のまわりのお世話をさせていただきます」

「自分のことは自分でできますから放っておいてください。あなたが今ここにいるとなると、施政局も最初からグルなのですよね？　図書館ですれ違ったときから──いや、そもそも錫苑を裏で操っていた黒幕というわけですか」

「わたくしどもの目的はあくまで〈五聖眼〉を持ったお世継ぎを生ませることですから。あくまで『繋ぎ』と考えますと、扱いやすい錫苑様のほうが適任です」

「ものすごいバカが生まれたらどうするのですか？　炎魔と同じ力があるから優秀とはかぎらないでしょう。私だって今のところ扱いきれていませんし」

「そのときは施政局で舵を取りますし、生まれた子にあやかしとしての寿命さえあれば問題ありません。思慮の浅い人間のあなたでも理解しているように、〈五聖眼〉の力は使いようによっては万物を支配することもできるのです」

巫女はころころと笑った。

いっそ清々しいほどの黒幕っぷりである。

「さて、世間話はこれくらいにして。今から姫様のお口にこのお料理をねじこみます。ひどいお怪我をされていますし、元気なお子様を宿すためには妖力もたっぷり蓄えなければなりません。ちなみにこれわたくしが作ったのですけど、栄養価重視で薬材混ぜてありますので超ゲロマズです。味見の際に施政局で雇った傭兵《ようへい》のかた数名が泡《あわ》を吹いてぶっ倒れましたの。うふふふ」

「ちょっ……待って！　いきなり想定してない角度から拷問!?」

恐怖にかられてじたばたともがくも、可愛らしい容姿に反してあやかし巫女の力は強い。一方の彼方はとことん痛めつけられたあとなので、ちょっと動いただけで身体の節々が悲鳴をあげるような有様だった。

視界いっぱいに広がる、なんだかよくわからない料理。

まず臭《にお》いがやばい。幽世なのに、鼻がツンとする化学系。

色もやばい。まるで接着剤と絵の具を塗りたくったパスタみたいな――。

「フンギャロッ！」

「え？　自爆？」

あやかし巫女が急に泡を吹いて倒れた。

料理が口に入ったような痕跡《こんせき》はない。まさか臭いだけで？

彼方はびびって腰を抜かし、しばらく待ってから足の先でつんつん突く。

……反応がない。と思いきや、

「主よ、今すぐここから脱出するぞ」

むくりと起きあがった相手を見て、ぽかんと口を開けてしまう。

まったく意味がわからない。なんか急にキャラまで変わっているし。

しかしあやかし巫女は、彼方にもっと驚くようなことをいった。

「俺はクロだ。身体を変えるのは二百年ぶりだがな」

◇

狗族。もとい、傀儡《かいらい》。

これまでの人狼の姿は、かつてともに花柳院家に仕えていた戦友の身体を死後借り受けたものであり、クロ本体は魂魄のみの存在である。

影に潜む力も実はその特性を利用したもので、誓約によって擬似的に術具化した骸《むくろ》を非実体に変換することで——云々《うんぬん》。

「小難しい話はどうでもいいです。つまりクロはまだ生きているわけですね？」

「ああ。そんで今はこの女に憑依《ひょうい》している」

嬉しい！　よりは驚きのほうが勝った。

あと身体を乗っ取る術ってのがえぐすぎて引く。

彼方はしばし呆然としたあと、深く考えるのをやめた。

「悠長に構えている時間はない。いずれはこの女の意識が強くなって俺は外に押しだされちまうし、魂のみの状態ってのは半分死んでいるようなものだ。早いところ元の身体に戻らないと崩壊していく。まあこのまま地下牢で待っていても黒楼が助けにきてくれるとは思うが。囚《とら》われのヒロイン演じてみるか？」

冗談じゃない。そんなみっともない姿を晒せるか。

彼方は再び『トワ』の仮面をかぶる。薄布一枚の格好で演技を続けたところで意味はないものの、心のスイッチを入れるにはこれしかない。

ところが決意を固めたところで、あやかし巫女の姿をしたクロが告げる。

「まずはそこのやべえ色のメシ食っとけ。体力回復しなきゃどうにもならん」

「……マジですか」

地下牢の鍵はあやかし巫女の身体そのものだった。

網膜認証ならぬ妖力認証、というわけである。

クロの手引きであっさりと脱獄に成功した彼方は、洞窟の内部をこそこそと徘徊《はいかい》しつつ地上に繋がる出口を探す。周囲を照らす灯籠《とうろう》は岩盤に杭で打ちつけたもので、突貫工事感が否めない。先ほどまでいた地下牢も四角い穴に鉄格子をかませてカーペットを敷いただけのひどい代物だったし、監禁するにしてもほかにもっといい場所があったのではないかと思えてしまう。

それとも、この洞窟でなければならない理由があるのか。

「これほど濃い妖気《ようき》が自然に発生しているとなると、今いるところは聖域と呼ばれる場所だろうな。強力な術をばんばん使っても感知されにくいし、常に体内で変換できるから妖力切れも起こらない」

クロは足をとめて振りかえる。

ケモ耳巫女の姿に慣れてない彼方としては、わかっていても身構えてしまう。

「錫苑とばったり出くわすのが一番危ないな。ふたりでかかってもボロ雑巾《ぞうきん》みたいにやられちまったし、あれで最弱というのだから炎魔の血ってのは恐ろしい」

「おまけに今は丸腰ですからね……」

「ひとまずあいつの姿は見当たらないし、思いのほか警備も薄そうだ。雇った連中の動きで足がつかないように、最低限の人員だけを配置しているのかもしれん。錫苑に出くわさないことを祈りつつ、ほかの連中に見つかったら即撃破。行き当たりばったりにもほどがあるが、いっそこの状況を一皮むけるチャンスと捉《とら》えよう。――おっと」

話の途中で、クロは頭に生えた耳をぴょんと立てて身を潜める。彼方もそれにならい、岩陰から通路の先を見すえる。見るからに強そうな牛頭のあやかしがふたり。錫苑が雇った傭兵だろうか。

「主よ。己の限界がどこにあるか、わかるか？」

答えははっきりしている。

錫苑とやりあって嫌というほど思い知った。

自分は人間だから。

炎魔と同じ〈五聖眼〉を持とうと、単純な力で押し負ける。

クロはなにもいわず、音もなく地面を滑った。

次の瞬間、牛頭の兵士ふたりがばたばたと倒れる。

「嘘……。いくらなんでも強すぎません？」

「昔は女の身体を使っていたからな。忍びの術は陰の気のほうがよく馴染む」

「ちょちょっ！　待ってさらっと衝撃の事実を伝えないで！」

クロは「影の性別なんてあってないようなものだろ」とのたまう。

そうかもしれないけども。

思い返してみれば、着替えを手伝ってもらうときとか妙に手慣れていたわ。

衝撃の事実はそれだけでは終わらず、

「一般的に男は陽の気を、女は陰の気を強く持つといわれている。だが陰陽師の家督は男のみに継がれるものゆえ、扱いにくいこの手の術は廃《すた》れてしまった。現世で新たに編みだされた術だというのに、男がうまく扱えないというだけで失われるのは惜しいと思っていた」

彼方ははっとする。

最初に問われたことの意味を、理解して。

「今から主に忍びの術を叩きこむ。己が『トワ』ではないことを、否定するな」

6

錫苑が異変に気づいたのは、それから一時間後のことだった。

万魔京郊外にある聖域のひとつ、その最深部に設置された祭壇の間。彼方に自らの子を生ませるべく、配下の術師たちとともに〈繁栄の儀〉を執りおこなう準備を進めていたときのことである。

……施政局の巫女が戻ってこない。

かつては炎魔のもとで働いていた術師だから子守り程度はできるだろうと踏んでいたが、よもや手負いの人間ごときに不覚を取ったのではあるまいな。

「通信途絶。近くで警備していたはずの傭兵たちの反応もなしか」

手近にいた術師に通信機を渡し、地下牢の様子を見にいこうかどうか考える。

今もっとも懸念すべきは彼方が脱走して計画がバレること。ならば悠長に構えている暇はない。しかし皇子として配下の連中をあごで使うことに慣れていたため、自分でいくという選択肢がすぐに出てこなかった。施政局が雇った術師たちは儀式の準備にかかりきりで、手がはなせないというのにだ。

彼方の拉致監禁においては黒楼をまんまと出しぬいたものの、巫女の入れ知恵がなければ無能な皇子に逆戻り。錫苑が最弱と呼ばれるゆえんはあやかしとしての力だけでなく、他力本願な性格によるところがおおきかった。

結局、自分で地下牢を見にいった。

すると案の定、囚われていたはずの娘がどこにもいない。

鉄格子が無傷のまま残っていることから、巫女の手引きで地下牢から抜けだしたと推測するべきだ。しかしわざわざ自分たちから計画を持ちかけてきた連中が、土壇場で寝返るなんてことがありえるだろうか。

錫苑は空になった牢を眺めながら考える。神聖なる〈繁栄の儀〉を執りおこなうべく巫女が用意した法衣に着替えていた。真っ白な袴は涼しげな美貌によく似合っている。兄やその家臣たちには『無能』『最弱』と嘲られてきたものの、万魔京の社交界においてはきわめて高い地位にある。見た目よし血筋よし、愛嬌があり金払いもよい。ある意味もっとも皇子らしい男であり、炎魔の治世が続いているかぎりは好き勝手にやれていたのである。

だからいつもへらへら笑っていた。ひたむきに努力することもなければ、表だって問題を起こすこともない。せいぜい繁華街の賭博場《とばくじょう》で、炎魔から分け与えられた資産を溶かすくらい。千年以上も前から、そうやって享楽的に生きてきたのである。

黒楼が見誤るのも無理はない。当の錫苑ですら自覚していなかったのだ。

その心の内側で燻《くすぶ》っていた、野心を。

「まったく……こんなときに手間をかけさせるなんて。あれほど痛めつけたあとだから心が折れているものかと思いきや、本に書いてあるよりずっとしぶとい生き物らしいな」

とはいえ跳ねっ返りが強ければ強いほど、躾《しつ》けがいがある。錫苑は欲望の色に瞳を濁《にご》らせ、肉食獣のように舌なめずりする。

牢から抜けだした方法はわからない。施政局の巫女がどこに消えたのかも気になる。だが、焦る必要はない。本人を捕らえたあとで聞きだせばいいだけだ。

小娘はさきほどまで錫苑がいた最深部とは真逆の、勾配《こうばい》がついた通路を上っているのだろう。上を目指せば出口にたどりつくと考えたのだろうが、それは罠。地上に繋がる転移門は祭壇の間にしか存在しない。つまり洞窟から脱出したければ、錫苑や配下の術師たちと対峙することが避けられない構造になっている。

しかも洞窟の上層部には、傭兵たちの詰所《つめしょ》がある。選りすぐりの精鋭を集めてあるうえに、装備だって充実している。炎魔と同じ資質があろうとしょせんは人間。図書館で手合わせしたときの感触からしても、容易に捕らえられるであろうことは目に見えている。懸念があるとすれば拾っておいた脇差もいっしょに保管してあることくらいだが、まあ折れているし奪われたとしてもさしたる脅威にはならないだろう。

ところがほどなくして、錫苑の余裕はざわりとした悪寒に変わる。

詰所に足を踏みいれると、精鋭であるはずの傭兵たちが地に伏せていた。傍《そば》には銀色に輝く脇差と、傭兵から奪ったと思わしき小太刀を構えた少女の姿。

純白だったはずの薄布は血にまみれ、猫のごとくしなやかな肢体にぴったりと張りついている。艶《なまめ》かしさと凄惨《せいさん》さ、そしていいようのない違和感が混ざりあった佇まい。炎魔の血筋としての直感が、激しく警鐘を鳴らしている。

折れたはずの脇差がなぜ、復活している?

いや、そんなことはどうでもいい。

目の前にいるのは、あの人間の小娘であるはずだ。

しかし受ける印象があやふやで、女なのかそれとも男なのかと、見るたびに迷いが生じてしまう。というより人間なのかあやかしなのかすら確信が持てない。厄災のたぐいといったほうがまだ納得できるかもしれない。

錫苑が呆然とする中、得体の知れない化け物はくちゅんとくしゃみを漏らす。

そのあどけない仕草が、いっそう不気味に感じられた。

「さすがにこの格好は寒いですね。さっさと片づけて、お風呂に入りたいです」

完膚なきまでに叩きのめされた相手と対峙しても、彼方の心は凪《なぎ》のように穏やかだった。

クロから忍びの術について手ほどきを受け、配下の精鋭どもを見事に倒してみせたとはいえ、錫苑とは依然として力量差がある。だが乗り越えられぬ壁ではないと確信を持っているし、この強敵に今の自分がどこまで通用するのか興味があった。いわばそれだけ、成長に手応《てごた》えを感じているのである。

根拠のない自信ではないはずだ。なぜなら錫苑の向けるまなざしが変わっている。図書館で切りかかったときは侮りを隠そうともしなかったのに、今は全身からピリピリとした緊張感を漂わせている。

「驚いたな。ちょっと目を離した隙にずいぶんと印象が変わったね。それに施政局の巫女はどこへ消えたんだい。このまま捕らえても構わないけど、君の口が利けるうちにたずねておくよ」

「うちの式が憑依したものの時間経過で本体の意識が戻りそうになったので、今はぐるぐる巻きにして岩陰にポイしています。――あ、やっぱりドン引きしますよね。自分で説明していてどうかなと思いました」

とはいえこちとら拉致監禁された身なので当然の報いである。ちなみに巫女の身体から弾《はじ》きだされたクロの魂魄はだいぶ弱っていたので、今は彼方の影に潜んで休眠状態に入っている。次に彼方は脇差に目を向けると、

「丸腰だとさすがにきついのでこちらも回収しておきました。折れた刀身は配下の皆さん

が使っていた武器を『食わせて』修復できました。術具の付喪神にはそういう力があるらしいです。便利ですよね」

「なるほど……。やはり稀有な品なのだね。直せば高値で売れそうだったから回収しておいたけど、正解だったというわけだ」

「この刃が、ご自身の首を刎《は》ねるとしても、ですか？」

「いや。またへし折るとしても、さ」

その言葉を合図に、彼方は再び武器を構える。

愛刀の〈刹那〉と、敵のひとりから奪った業物の小太刀。二振りの刃を逆手《さかて》に持ち、体勢を低く取り地面と水平を保つ。兄の永遠とは似ても似つかない、忍びの型。しかしこれこそが、彼方が新たに導きだした理想の『トワ』である。

錫苑はゆったりとした佇まいのままその姿を見つめ、やがて宙に手をかざすと巨大な手裏剣のような武器を呼びだした。あわせて四振り、高速で回転しながらドローンのように所有者の周囲を旋回している。

この奇怪な得物が上下左右から迫り、さらには錫苑自身も素手で襲いかかってくる。武芸の心得がない素人だから荒削りではあるものの、炎魔の血筋ならではの膂力《りょりょく》は馬鹿にできない。当たれば致命傷になるうえに、そちらに気を取られすぎると回転手裏剣の餌食《えじき》になる。図書館では手も足も出なかった攻撃だ。

詰所であった場所は洞窟の中でもかなり広く、古代ローマの闘技場《コロッセオ》を思わせる円形の空間になっていた。錫苑がトンと足で地面を叩くと、周囲に転がっていたあやかしたちが地中に呑《の》みこまれていく。あれでは命はないだろう。邪魔だったからどかした、程度の感覚で配下のものを処分するような男。

しかもなにげなく使ったように見えて、非常に高度かつ厄介な妖術だ。戦いの最中に今のようにして地面を操られたなら、即座に対処できるかどうか。だがこんなのは序の口で、惜しみなく手のうちを披露してみせたことからして、ほかにもっとすごい技を隠しているにちがいない。

「笑っちゃうだろ。こんなに強くて才能があっても小生は失敗作だ。〈五聖眼〉の資質を持たないだけで父親に蔑まれてきたうえに、周囲のあやかしからは兄弟たちと比べられて『無能』と嘲られる。ましてや出来のいい末弟が貧民街からぽこっと湧いてきて、あっという間に小生を追い抜いて最強の鬼皇だなんだとチヤホヤされはじめた。おかげでやる気なくなっちゃったよ」

でも、と錫苑は続ける。

「王になればすべてが変わる。君と契りを結んで施政局が求める『理想の子種』を作ってやれば、今まで見くだしてきた連中に一泡吹かせてやることができるうえに、当面は支配者として安泰ってことさ。子どもが成長したらあとは任せて楽ができるし、理想的な生涯設計だとは思わないかい」

「むしろ最悪ですね。王様になったからといってあなた自身が劇的に変化するわけではないと思いますよ。誰かにお膳立《ぜんだ》てされて王の立場を手にいれたところで虚《むな》しいだけじゃないですか？　ぼくだったらそんなの願いさげです」

「よくいうなあ。君だって似たようなものじゃないか。お兄ちゃんの名前を騙って夜廻組に潜りこんだくせに。黒楼が不問にしてくれているのだって君の中に眠っている資質に気づいているからだろうし、それだって生まれたときからたまたま持っていたものにすぎない。上から目線で説教垂れるだけのことをしてきたのか君は？　そんなわけないよね？　しょせんは人間でただのお飾りだ。世間知らずのお嬢ちゃんは黙ってハイハイ従ってりゃいいんだよ」

錫苑は涼やかな微笑を歪ませ、露骨に舌打ちする。なにか言い返してやりたいところだが、悲しいかな相手の言いぶんは正論でもあった。

黒楼が彼方のために力になってくれたのは、利用価値があったからというだけではないだろう。それなら錫苑のような手口でもなんでも、ほかにいくらでもやりようがあったはずだ。今さら相手の善意を疑うほど、恩知らずではない。

だけど……ただ守られて支えられて、なのに自分の力で変わったような気分でいたのは事実である。黒楼が夜廻組を去るかもしれないと知ってようやくそのことに気づいて、ひとりになったらなにもできないと不安になっていた。そういう自分が嫌で嫌でたまらなくて、だから本気で変わりたいと願っている。

――証明するなら、今だ。

直後、彼方は宙を跳ねる。錫苑は待ちわびていたかのように迎えうった。

跳躍の勢いを乗せて放たれた二刀の連撃を手のひらで弾きかえすと、そのまま薙ぐようにして反撃に転ずる。同時、四方から迫りくる手裏剣。

しかし彼方は完璧に攻撃を読んでいた。飛来する手裏剣を身をよじって回避するとすかさず懐に潜りこみ、伸びきった二の腕に再び連撃をお見舞いする。

飛び散る鮮血。

図書館で相見《あいまみ》えたときは斬撃に上乗せした〈熾天剣〉を中和され、炎魔の血筋特有の屈強な肉体に阻まれてしまった。だが、今回はしっかり刃が届いている。

それだけではない。肉を裂いたとはいえかすり傷程度なのに、錫苑は見るからに痛がっていた。顔を歪め、再び得体の知れないものを見るようなまなざしを向けている。

「貴様、小生の身体にいったいなにをした」

「あんまり嬉しくないんですけど、ぼくの体質だと本来こういう術のほうが得意らしくって。施政局の巫女さんとかも、たぶんけっこう使っているはずですよ」

「毒……いや、呪詛《じゅそ》のたぐいか。実に卑怯《ひきょう》で女々《めめ》しい手口だな」

彼方はクスクスと笑う。

自分を侮っていた相手の負け惜しみほど、聞いていて愉快なものはない。

現世で編みだされた忍びの術。本来なら長い年月をかけて習得する秘伝の技だが、彼方は〈花眼〉によって瞬時に模倣していた。術式そのものと相性がよいこともあり、今では本来の使い手であるクロをも超える腕前となっている。

斬撃に呪詛を織りこみ、体内を蝕む毒として作用させる。

陰は陽に、陽は陰に——磁石のN極とS極のように互いに引っつきあう性質があるため、陰の気がよく馴染む呪詛のたぐいは、女が男に対して用いるときのほうが効果は高い。しかも〈熾天剣〉を帯びた刃に上乗せしているので、陰の気に変容した断絶の結界を中和できず、錫苑は『あらゆるものを断ち切る斬撃』を防ぐことができなかったのである。

「まずは一手。呪詛は痛みを増幅させるだけでなく、体内にある妖力の流れを阻害する。

さっき使った地形を動かす高度な術とか、広範囲にぶちまけるような大出力の術はこれで封じたことになる。真っ先に対策しなくちゃいけないのはそういう切り札だからね」

「得意げにべらべら喋りやがって。これしきのことで、人間とあやかしの差が埋まるとでも思ったか。ましてや小生は炎魔の血を引く皇子。であれば――」

錫苑はハッと気合いを入れる。すると全身の筋肉が膨張し、岩のような巨体がさらに肥大化していく。隆起した肩からめりめりと音が鳴り、阿修羅《あしゅら》のごとく腕が生えてきた。あやかし特有の変化《へんげ》をもちいた術のようだが、単純な仕組みなので妖術の阻害効果の影響は少ない。身のこなしに優れた彼方に対し、手数で押しきる作戦に出たようだ。

錫苑は神経質に眉をピクピク動かし、彼方の一挙一動に集中している。人間だなんだと馬鹿にしながらも、手のうちが見えぬ相手に強い警戒心を抱いている。

なんだか楽しくなってきた。

ぞくぞくしているといってもいい。

兄の永遠ならこんな振る舞いをしないだろう。もっと正々堂々スマートに、見ていて清々しい戦いぶりを披露してくれるはずだ。

彼方もそんなふうになりたかったし、憧れてもいた。だがなんとなく窮屈で、やりづらく感じていたところもある。

そもそも超がつくほどの負けず嫌い。卑怯と罵られても手段を選ばず勝ちにいくタイプ。兄のようにカラッと爽やかに、ゲームで負けても笑っているなんて絶対に無理。

忍びの術について教わったとき。クロが最初に告げたことといえば――。


「はっきりいって主は性格が悪い」

「ひ、ひどい……」

「だが命のやりとりをするうえで、姑息《こそく》で卑怯で容赦がないというのは強い武器になる。かつて花柳院家の男どもは、敵の裏をかくような忍びの術を槍玉《やりだま》にあげて女々しいだの軟弱だのと喚《わめ》きたてていたが、勝ちかたにこだわって死んだらただの間抜けだ。だいたいそういうふうに文句をいうやつにかぎって、立場が逆だったら迷わず同じような手を使う」

それから、とクロはズバズバとダメ出しする。

「普段は仕方ないかもしれないが、戦いのときは兄のようにと意識するのはやめろ。そもそも筋肉のつきかたとか関節の可動域とかなにからなにまで違うんだから、同じようにやってたら無理が生じるに決まっているだろ」

「でも私、永遠の真似をしていたほうが強いですよ？」

「主は素の身体能力が高いぶん、動きに無駄があってもカバーできちまうんだよ。昔っから身の回りにいるのは男たちばかりで、自分と同じ女の武芸者の戦いかたなんて知らないだろ。あやかし巫女の身体に憑依する機会なんて今後まずないだろうし、今からがっつり手本を見せてやる」

クロの体捌きは見惚れるほどに洗練されていた。妖術を模倣するときほどではないにせよ、眼力のおかげでひとめ見ればコツはつかめる。同じようにやってみたら驚くほど動作がスムーズになり、男女でいかに身体の構造が違うか思い知るはめになった。

正直かなりショックだった。

どうやっても自分は兄のようになれない。

真似てみても、演じてみても。憧れてみても、そのものにはなれない。

しょげていたらクロに思いっきり頭をどつかれた。

「いいか、大事なことを教えてやるからよく聞いておけ。兄に憧れるのはかまわん。かっこよくなりたいとか強くなりたいとか、お前がそーやって理想の姿を目指して努力したから、ここまで成長できたことは確かな事実だ。自信を持っていいし、これからもそういう気持ちは大事にしていけ」

だが、と家族のようなあやかしは続ける。姿こそいつもの人狼でなくあやかし巫女さんだったが、その表情を見れば、ずっと言いたくて我慢していたことなのだと伝わってくる。彼方が素直に聞きいれる準備ができるまで、辛抱強く待っていてくれたのだろう。

「憧れと違うからって自分を否定するな。お前はお前でいいところがあるんだから、いつまでもクソつまんねえ理由で悩んでんじゃねえ。せっかく幽世にきて自分らしく生きられるようになったのに、それじゃもったいねえだろうが」

「でも、私は……」

「わかっているさ。お前にとってそれは心を守る盾みたいなもんだ。この際だからもうひとつ教えてやるが、自分では完璧な兄を演じられているると思っているのかもしれねえけど、俺から見たらまったくの別もんだからな？」

ずしりと重いひとことだった。頭をどつかれたのよりも痛かった。

なぜこんなに刺さるのかといえば、うっすらと自覚していたことだからだ。

短期間ならまだしもずっと兄を演じ続けるなんて、どだい無理な話である。どこかで必ずボロが出るし、そうでなくてもだんだん思い描く姿からずれていく。

でも――。

「みんな、お前のことを認めている。好きになってくれている。だったら永遠と『トワ』が同じものじゃなくてもいいじゃねえか。兄の病を治す方法を見つけて、そんで晴れて元どおりってなったときにまた面倒なことになるかもしれないが……こんだけ苦労させてんだから、あいつにも理想の『トワ』に寄せる努力をさせてみりゃあいい」

クロはふっと笑みを浮かべる。

長年、兄と連れそった式だからこそ出てくる言葉だった。

「永遠は永遠で優等生すぎて物足りないところがあったからな。お前があいつの背中を追いかけているみたいに、あいつにもお前の背中を追いかけさせてやれ。それでようやく理想の『トワ』だ。ひとりで完璧なんてのは、ありえない」


そして、彼方は静かに武器を構える。

錫苑は苛立たしげにいった。

「戦いの最中に物思いに耽《ふけ》るなんて、ずいぶんと舐めた態度だな。まさか本当に勝てると思っているのか？　だとしたら勘違いも甚だしいぞ」

「嘘、だね。お前のほうこそ自分の勝利に確信を持てていない。人間のぼくに負けることを心底恐れていて、だから今も虚勢を張っている。あと」

とんと、地べたを叩く。

ゆらりと伸びた影が錫苑の足先にまでおよんでいる。

「ぼくはすでに攻撃をはじめている。影縛りの術といってね、名前を聞いただけで効果はなんとなくわかるだろ？　こういう搦《から》め手《て》にあっさり引っかかるようだと、王様になれても長続きしないんじゃないかな」

安い挑発だったものの、錫苑はこめかみに血管を浮きあがらせて激昂《げきこう》する。

プライドの高さと感情的になりやすい性格が災いして、すっかり彼方のペースに呑まれている。なまじ力があるばかりに避けるという意識に乏しく、致命傷にならなければいいと慢心しているところもつけいりやすかった。真っ向からやりあっていればまず勝機はなかったものの、相手の優位性をひとつひとつ潰していけば人間とあやかしの差は埋まっていく。

忍びの術は、弱者が強者を凌駕するために生まれた技だ。ほとんどが騙しうち。初見でなければ通用せず、タネが割れたら簡単に対処できてしまう。失敗したら終わりの策を積み重ね、崖と崖の狭間にある細く脆い道を進んでいく。

危険な妖術を封じ、足を封じてもなお、錫苑は自分よりはるかに強かった。宙を舞い二刀の刃を繰りだし、眼力によって迫りくる攻撃を紙一重で避けても、たった一度のミスで勝利は水泡のごとく消えてしまう。忍びの術を駆使し弱らせても、次の瞬間にはさらなる腕を生やし、底知れない力の一端を見せてくる。

だとしても、彼方は心から楽しんでいた。

この戦いを。

自らが弱者であることを認めた、新たな『トワ』の在りかたを。

「――お前には負ける気がしないな。錫苑」


一方そのころ。黒楼は、およそ考えられるかぎり最速の行動を取っていた。

頭の中にあるのは彼方を助けることだけ。クロの骸から魂魄の位置を割りだすと屋形船をかっ飛ばし、かすかな妖力の流れから転移門の存在を感知し強引にこじ開ける。こんなもの、炎魔殿の多重防御結界に比べたら紙に等しい。

祭壇の間に足を踏みいれるなり錫苑配下の術師をまとめて血煙に変え、その場に彼方がいないと見るや韋駄天《いだてん》のごとき速さで洞窟を駆け上る。消息を絶ってから経過した時間。万魔京から聖域までの距離。大規模な儀式の準備――諸々を計算すると、最速で向かえば救出できる、というのが紫耀の見解であった。

地下牢はもぬけの殻だった。黒楼はその場で足をとめたものの、即座にあらかたの状況を把握する。あの娘は大人しく捕まっているようなタマではない。自力で抜けだしたと考えるべきだろう。となるとさらに上か。錫苑や施政局の連中が見あたらないのは嫌な感じだ。今も追われているか交戦中か、いずれにせよ早く合流しなくては。

そうして詰所にたどりつくと、思いもよらぬ光景に出くわして唖然とする。だだっ広い空間で対峙するふたつの影。彼方と錫苑なのはすぐわかった。

途中で追いつかれ必死に抵抗している、というのであれば驚かない。あきらかに彼方が優勢で、錫苑が今にも地べたに膝をつきそうになっている、という状況が異常だった。黒楼は戸惑いながらも、眼前のちいさな背中に向かって呼びかける。

「無事か。彼方――」

「助太刀は無用です。黒楼はそこで見ていてください」

忍びのような構えを取ったまま、こちらを一瞥すらしない。黒楼はもとより相対する錫苑も唖然とした表情を浮かべている。人間の娘がひとりで、炎魔の血を引く皇子を打ち倒そうというのだ。仲間の加勢もなしに。

彼方の中に稀有なる資質が眠っているのは承知していた。いずれは〈五聖眼〉の力が花開き、神楽や葬武、紫耀に匹敵する隊士になることも。

だが……あまりにも成長が早すぎる。

錫苑が無能、という印象はすでに過去のものとなっている。零番隊の女天狗を圧倒するとなれば隊長クラスに引けを取らない実力。六本の腕に太古の遺物らしき旋回する得物。やはり炎魔の血筋は侮れない――そう思わせる異形の姿を、かつて最弱と呼ばれた皇子は取っている。

傍目《はため》の印象ほど余裕ではないはずだ。術で肉体を強化していようと、ひと撫ででも攻撃を食らえば致命傷。なのに彼方は踊り子のような艶《あで》やかな笑みを浮かべている。死と隣り合わせの戦いに身を置きながら、相手との間合いをはかりつつ悠然と構えている。

黒楼は理解した。

彼方はこの状況を心の底から楽しんでいる。

「ひとつだけ約束しろ。絶対に負けるな」

本音をいえばすぐさま加勢したかった。今の彼方は見ていて肝が冷える。死ぬな、と告げたいところだが……それよりは負けたくない、と思わせたほうがいいだろう。こいつは死ぬことをまったく恐れていない。意識すらしていなそうだ。思えば出会ったときから、極端な方向に突っ走るやつだった。

きっかけを与えたのは俺だ。支えられなければ立ちあがれなかった少女は、今や自らの足で力強く走りだしている。ちいさな身体に眠っていた漆黒の炎を燃えあがらせ、最強の鬼皇ですら心を震わせる存在に生まれ変わりつつあるのだ。

「ならば黒楼も約束してください。そうすればやる気が出ます」

「いってみろ。俺にできることならなんでも聞いてやる」

「こいつを倒せたら勝負してください。いつもみたいな感じでなく、本気で」

つい笑ってしまった。

俺はこんな女に初恋を捧げてしまったのか。

盛大なため息を肯定と受け取ったのか。彼方は体勢を低く取って足を踏みしめる。幼いころに見たまっすぐな瞳は、もはや敵にしか向けられていない。

錫苑は全身から血を垂らし、無言のままにらみつけている。もはや口を開く余裕も、勝ちを確信しているような彼方に激昂する気力もないのだろう。

黒楼は羨ましいと感じてしまった。戦っているのが自分であればどんなによかったことか。殺意でもなんでもいい。その感情を俺によこせ。

いざ戦闘が再開すると、助太刀は無用という言葉が正しいとわかった。彼方の体捌《へんげ》きは舞のように美しく、重力というものをまったく感じさせない流麗なものだった。変化の術で異形と化した錫苑に対し、薄布一枚の姿で木の葉のごとくひらひらと攻撃をかわしていく。肩から生えた六本の腕も、縦横無尽に迫る手裏剣も、その美しい演舞を彩《いろど》る合いの手でしかなかった。

何度か火花が散ったあと、左手に持っていた小太刀が砕けちる。彼方は残った脇差をくるりと回すと、逆手から一刀の青眼《せいがん》の構えに持ちかえる。紫耀を彷彿とさせる、静謐なまなざし。これで終わらせる気なのだと、すぐにわかった。

「ふざけるな……。小生が……貴様のような、人間ごときに……っ！」

「辞世の句がそれですか？　最後までつまらない男でしたね」

一閃。

その太刀筋は、黒楼でさえ舌を巻くほどだった。

錫苑の身体がくずおれた直後、彼方も糸が切れたように膝を折る。体力が限界をむかえたのだ。その凄《すさ》まじい戦いぶりに、人間の女であることを忘れていた。

黒楼は慌てて駆けよった。

「どうでしたか……やってやりましたよ」

「今は喋るな。自分がどれだけ消耗しているか、わかっていないだろう」

地べたにへたりこんでいる彼方を抱えようとすると、駄々っ子のように身をよじらせる。この期におよんで強がるとは。本当に世話の焼けるやつだ。

仕方がないので相手の息が整うまで待つ。彼方はやがてぽつりと呟いた。

「黒楼は、私のことを必要としてくれますか」

「どうした急に。愛の告白か」

「違います。冗談にしたってタチが悪いですね」

鼻で笑われてしまった。なにげにけっこう傷ついた。

「忘れたわけではないでしょう。兄を救うだけではなく、誰からも必要とされる存在になれ——私にそういってくれたのはあなたじゃないですか」

「当たり前だ。あのときのお前は忌み子として虐げられ、深く傷ついていた。それを払拭するために必要なのは癒《いや》しや慰めではない。自らの力で勝ちとるという実感だ。お前にとって一番の近道は、隊士として名を馳せることだと考えた」

強くなってほしいと願った。幸せになってほしいと思った。

俺にとってはそれが、お前に与えられるすべてだった。

「でも私はまだ実感できていません。ただ、誓うだけではなく心からそうなりたいと願うようにはなれました。なので当面の目標として、あなたから必要とされる存在になりたいです。もっともっと強くなって、立派な隊士になって」

満面の笑み。

千年待ち焦がれた光景が、そこにはあった。

「あなたに必要とされたい。黒楼が王様になったとき、笑って隣に並び立てるような。そういう『友』のような存在に、私はなりたいのです」

黒楼はしばし黙りこむ。

そして、静かに顔を近づける。

彼方がぎゅっと目をつぶったのを見て。

その顔に――。

思いっきりデコピンしてやった。

「痛いっ！　急になにすんですか、びっくりするなあ！」

「笑わせるな。せめて一太刀浴びせられるようになってからいえ
カラカラと笑ってみせる。だが、内心ではすこしホッとしていた。

異性としてまったく意識されていないのかと疑っていたのだ。

彼方はぶつくさと悪態《あくたい》をつく。

その阿呆面《あほうづら》を眺めながら、黒楼はしみじみと嚙みしめる。思っていたものとはだいぶちがったが、間違いなくこれは幼いころから憧れていたものだろう。

すこし物足りないような。しばらくこのままにしておきたいような。

そんな、くすぐったい感覚。

俺にとっての生きる意味は――今この瞬間にあるのだ。

◇

ところが。

ふたりのほんわかした時間はそう長続きしなかった。

さあ帰ろう。

となったところで、彼方は大事なことを思いだす。

「あ、そうだ。クロが……」

「わかっている。魂魄を保管する術具を持ってきた」

さすがは黒楼。話が早い。影に潜んでいたクロの魂はふよふよと宙を漂ったあと、羽織から出された漆塗りの小箱に吸いこまれていく。

なんだかんだあったものの全員が無事。これにて大団円――。

とはならず。今度は黒楼がたずねかける。

「そういえば施政局の連中はどうした。姿がどこにもなかったが」

「巫女さんなら色々あってふんじばったあと、そのへんにポイしましたけど」

なのに見かけてない？　それはおかしい。道中にわかれ道はないから、通りがかりに出くわすはずだ。きったねえ声でんーんーうめいていたし。

嫌な予感がする。もしかしなくても、

「まんまと逃げられました？」

「こういうところはまだまだ詰めが甘いな。実際の黒幕はあいつらなんだから、取りのがせば錫苑よりよっぽど厄介なことになる。たとえば──」

直後、暗がりの向こうからどたどたと足音。

地上に脱出した巫女が口封じのために放った増援部隊だ。

その数、ざっと四十から五十。しかも間違いなく、全員が凄腕の精鋭。

さすがに多勢に無勢である。

彼方がおろおろとする中、黒楼が心底うんざりしたようにため息を吐く。

「まさかこの俺が、新入りの後始末をするはめになるとは」

「え……なんかすみません。最後の最後で」

ふらふらしながら立ちあがり武器を構えようとすると、黒楼が「いらん。そこでじっとしていろ」と冷たくいい放つ。

てっきり部下の不始末を怒っているのかと思いきや、なぜか嬉しそうな顔。

「俺の『友』になりたいといったな。それがどういう意味を持つか、お前はまだ真に理解していない。覇道をゆく鬼皇の隣に並び立ちたいと願うのならば」

黒楼は羽織をひるがえし、迫りくる敵陣を迎え討たんと仁王立《におうだ》ちする。

その身体はみなぎる闘気によって、黄金色に輝きはじめている。普段は周囲に影響が出ないように抑えているのか、両手を軽く握りしめると膨大な妖力の波動がぶわっと溢れだす。額の角からバチバチと火花が散り、うす暗い洞窟全体が静かに鳴動をはじめ、威勢よく突き進んでいた傭兵の群れがはっと足をとめた。

困惑、動揺、理解——からの、恐怖。一方の鬼皇は彼らに退屈そうなまなざしをそそぎ、右の手のひらからちいさな黒い球のようなものを生みだした。

葬武が使っていた術と同じだ。妖力の塊を放出するだけの、単純な攻撃。

しかし内包する力の量と凝縮度が桁違いすぎて、周囲の空間が歪んでしまっている。黒楼はそれにふっと息を吹き、敵陣に向かって放出する。

黒球は風に流されたようにゆらゆらと漂い、やがて景色をぐにゃりと歪ませる。そして次の瞬間にはまるで最初からいなかったかのように、傭兵たちの姿はかき消えていた。

あっけなさすぎて、攻撃した、ということすら認識できない。

はじめて目の当たりにする、本気の姿。

底知れないと感じてはいたが、よもやこれほどとは。

彼方が戦慄《せんりつ》する中、最強の鬼皇はさらに驚くべき言葉を告げる。

「せめてこれくらいはやれないとな。今のでだいたい三割だ」

道のりは遠い。

今から千年かけても、このひとの隣に並び立てる日はこないかもしれない。

エピローグ

拝啓、お兄様。

現世では梅雨《つゆ》が明け、夏のきざしが感じられるころかと存じます。クロがたびたびそちらにお薬をお届けしているかと思いますが、その後お身体の具合はいかがでしょうか。お兄様がすこしでもお健やかに過ごせることを心から願っております。

さて、私のほうの近況をご報告いたします。幽世の歴史を揺るがした大帝崩御からそろそろ四ヵ月となりますが、万魔京もようやく本来の落ち着きを取り戻しつつあります。

さまざまなことがありました。百鬼夜廻組隊士の拉致監禁事件。さらわれた隊士自身が首謀者のひとり錫苑を討ち取ったこと。施政局の巫女が事件の裏で共謀していたこと——その結果、行政中枢を担っていた者たちが多数更迭され、大規模な組織再編が行われたこと。一度は最下層の市民が結託し、事件解決に貢献した黒楼皇子を大帝にと声を上げたこともありました。しかし彼自身が時期尚早であると辞退したことで、いったんそういった動きも沈静化しつつあります。

私としても驚きなのですが、黒楼は大帝となるチャンスを再び自ら手放したのです。もっとも『今はまだ』というだけのことですし、施政局の権威が地に堕ちつつある万魔京において、いつかは民の声に応え新たな王として名乗りをあげる日がくるでしょう。しかし現在のところ彼はまだ百鬼夜廻組にいて、今朝も総長室でふんぞりかえりながら隊士たちに指示を出していました。

鬼皇は言動こそ厳しいですが、同時に世話好きで優しいひとでもあります。ときたま過保護に感じることもあるくらいですから、ひょっとしたら新入りのちっぽけなわがままを聞いてくれたのかもしれません。そう思うと嬉しい反面、早く一人前にならなくちゃという焦りも感じます。

お兄様のご病気を治す手立てを探すべくはじめた職務の代行ですが……お別れする前にご要望されたとおり、私としてもそれなりに楽しんでおりますのでご安心ください。目的が達成された暁には必ず借り受けたお名前をお返しし、再び妹として陰ながら活躍を見守らせていただきます。

それではどうかお元気で。敬具

――彼方より。

◇

万魔京の夏はうだるような暑さだ。

都市の構造自体が気候の変化に耐えきれていないのである。

この地に築かれてから長い間ずっと、炎魔の制御結界に頼りきりだったのだ。エアコンはおろか扇風機すらない。急ピッチで大規模な都市改造計画が進められているが、最下層のほうまで手がまわるのはいつになることやら。大帝崩御が近いのはずいぶんと前から囁かれていたのに、問題が発生した今になってようやく取りかかる有様なのだから、あやかしの世界も現世と大差がない。

つい昨日も干上がった河童《かっぱ》やカワウソを医者のところに運んだりと大騒ぎだった。反面、凶悪な事件は減りつつある。悪事を企《たくら》む余裕がないというのもありそうだが、毎日の巡回の効果が出ているのだろう。『トワ様が隊長になっていっそう安心して暮らせるようになりました』という住民の声もあり、一番隊の部下の尻を蹴りながらまめに業務に勤《いそ》しんだ甲斐《かい》があったというものだ。

とまあそんなわけで、今日はひさびさの休みである。

彼方は『トワ』の仮面を外し、桃夏の工房でのんびりお茶をしていた。

今や飛ぶ鳥を落とす勢いの売れっ子職人となった桃夏は、術具のメンテナンスを手早く終わらせると、テーブルがわりにしている作業台に色とりどりのお菓子を運んでくる。陶器のカップに現世産の紅茶を注ぎながら、

「黒楼様とはあれからどうですか？」

「稽古のたびにボコボコにされていますよ。最近ほんとに手加減してくれない」

「いえ、勝敗の話ではなく」

「浮ついた話が聞きたいなら諦めろ。俺から見ても相手が不憫《ふびん》に思えるほどそういう空気がない。主はもはや隊士を通りこして野生の猿だ猿」

なにやらひどい言い草である。

あの事件以降しばらく療養していたクロも今ではすっかり回復し、口の悪い人狼坊やに戻っている。この身体がただの器で、本体は魂魄だけのあやかしというのが信じられないくらいだ。

それはさておき。桃夏はじろりと目を細め、彼方を諭すようにいった。

「黒楼様はお忙しい身のうえでしょうから、日々の業務をこなしたあとで稽古をつけてくださっているわけですよね。カナちゃんも勝てなかった悔しいな~だけでなく、毎回きち

んと労《ねぎら》ったり感謝の言葉をかけたりしてます？」

「うっ……。負けるたびにじたばた拗ねているだけかも」

「今どき小学生男子だってもうちょいしっかりしているからな。マジで」

「さすがに甘えすぎでは？　親しき仲にも礼儀ありと、現世でいうでしょうに」

優雅にお茶会、という気分でいたのにまさかの袋叩き。しかし桃夏たちの言葉はもっともで、あらためて自らの所業を思い返してみるとあまりの図々しさに絶句してしまう。

「ど、どうしよう……。そういえばやけに無口なときもあったわ……」

「総長室で半分寝ているときに『隙あり！』って頭を叩きにいったりな」

「それはそれでじゃれついているみたいで可愛いですけど。とはいえ幽世にきてからお世話になりっぱなしなのですから、たまには手料理を振る舞ったり膝枕《ひざまくら》してあげたりほっぺにチューしてあげるくらいのサービスが必要では」

「やらないってば！　だからなんでそういう方向に話を持っていくの⁉」

「あたくし頭どピンクですから」

自分でいうのかそれを。ていうか目が血走っていて怖い。

彼方は観念したようにため息を吐き、こういった。

「でもそうだね。日ごろのお詫《わ》びというか感謝を示すために、プレゼントを用意するとかしたほうがいいのかもしれないな」

「主にしてはまともな意見だな。で、なに渡すんだ。お手伝い券か」

「マジでそれやったら頭どつきますわよあたくし」

一瞬だけ考えた、といったらまたボロクソに叩かれそうである。

……しかしこういう場合、いったいなにを渡すのが正解なのだろう？

◇

そして一週間後。

黒楼は彼方の言葉を聞いて、耳を疑った。

「今度の休日にランチ行きませんか……だと？　熱でもあるのか、お前」

「いや、ほぼ毎日こうやって稽古つけてもらっていますし、たまにはお礼でもしたほうがいいかなあと思いまして。なんかプレゼントするとかも考えたんですけど、あらためてそういうのも照れくさいじゃないですか」

「そうか……。成長したのだな」

「さすがに感激しすぎでは？　逆に私のこと、なんだと思ってます？」

彼方は釈然としないような表情を浮かべているが、黒楼はそれどころではなくてまったく聞いていなかった。食事となるとどこに連れていくべきか。鬼皇の名に恥じぬよう、幽世の贅《ぜい》のかぎりをつくした店に案内しなくては。

しかし「店は決めてありますので」といわれてハッと我に返る。あくまで日頃の感謝をこめての、彼方からのささやかなお礼なのだ。慎《つつし》んで受けるのが礼儀だろう。

というわけでさらに三日後。ふたりは最下層の茶屋で昼食を取っていた。かつて彼方が桃夏に絡まれた——もとい、はじめて出会った場所である。店先の縁台のほか、店の奥に食事ができるスペースがあり、普段から昼になると繁盛しているのである。彼方はぜんざいを、黒楼はあんこ入りのみたらし団子を頼む。

いかにも茶屋という趣の畳部屋。壁のいたるところにメニューが記された札がさがっているところは最下層らしい。

休日とあって店内は多くの客で賑《にぎ》わっているが、これだけ騒々しいと夜廻組の総長と隊長がランチにきているとは思われない。今はふたりとも目印の羽織を脱ぎ、彼方は武芸者風の真っ白な袴、黒楼はいつものホスト風スタイルだ。最近は万魔京でも現世風の身なりが流行《はや》っているので、額の角さえ術で隠してしまえば、天狗かなにかのあやかしにしか見えないのである。

注文した品を待つ中、彼方はふうとお茶をすすったあと、

「もうちょい豪華なほうがよかったですかね？　我ながら庶民的すぎたかも」

「こういうのは気持ちがあれば十分だ。むしろ肩肘張らなくてよい」

黒楼は穏やかな顔でそう返し、自分も茶をすする。普段飲んでいるような崑崙《こんろん》の高級品ではないが、これはこれで親しみやすくよいものである。

しかしあらためて向かいあうとお互いなんとなく緊張してしまい、会話が続かない。さてどうしたものかと考えあぐねたあげく、結局仕事の話題を振る。

「あのとき取り逃がした施政局の巫女だが、現状では足取りがつかめていない。万魔京以外の都市でも目撃情報がないことから、現世に高飛びした可能性が高い」

「紫耀殿から聞きました。あのひと夜廻組を引退してからスパイみたいなお仕事やってい るんですね。この前しきりにクロのことを勧誘していましたよ」

黒楼は顔をしかめる。あいつめ、わざわざ寿退社を偽装した意味がないではないか。密《ひそ》かに警護されていることを悟られぬよう、対象にみだりに接触するなといい聞かせておいたというのに。

「あとは泉吹から、お前の兄についてだな。カルテにある症状を見るかぎり術の多用による魂魄損傷が原因ではないかということだ。調合した薬で猶予は得られるものの、対症療

法にすぎぬので根本的な解決にはいたらないらしい。完全治癒を目指すなら一度は幽世に招き、専門の術師に詳しく診《み》てもらうべきかもしれん。――って、もしかしてこの話もすでに当人から聞いているか？」

彼方はこくりとうなずく。

ちょうどそのタイミングで、ぜんざいとみたらし団子がくる。

黒楼は肩をすくめ、

「ならば伝えることはなにもないな。交友関係が増えたようでなによりだ」

「こちらこそいつもありがとうございます。気を配ってくださって」

「上司としては当然の務めだ。それにお前を幽世に招いたのは俺だしな」

「ぼく自身が決めたことですよ……といいたいところですけど、黒楼が支えてくれなかったら今こうしてこの場にいられなかったと思います。もちろん花柳院トワとして、日々どうにかこうにかボロを出さずにやれることも」

黒楼は笑う。本当にまっすぐな目をするようになった。

いまだ困難は多く、この先に待ち受ける運命はきっと過酷なものになるだろう。だとしても彼方は間違いなく、万魔京での暮らしを楽しんでいる。

そしてこうやって語らい、甘ったるいぜんざいや団子を堪能《たんのう》し――ふたりで無為な時間を過ごすことこそが、黒楼にとっての幸せなのだ。

彼方の道を阻むものはすべて、この世から消し去ってくれよう。

その先にあるのは輝かしい未来。

千年もの間、待ち焦がれた――俺が俺として、生きる意味。


「あ、うっかりいいそびれそうになりました。兄のことですけど」

「しれっと俺の団子をつまむな。まあお前の奢りだし構わんが。……で？」

「来週あたり幽世にくるらしいです」

黒楼は言葉の意味がわからず、一瞬だけ硬直する。

ややあってから、

「正体を隠したままで、か？　今以上に複雑な状況になりそうだな」

「まったくですね。しばらく桃夏の工房に滞在してもらうことになりそうです」

知らないところで話が進んでいた。

紫耀のやつめ。こういうこともきちんと調べて報告しとけ。

和やかに受けこたえしつつも、黒楼の心中は複雑なものだった。

彼方の兄が、やってくる。

最愛の、ほかの誰よりも大切に想っている家族が。

だとすれば、このかけがえのない時間はどうなってしまう？

◇

しかし、その日はあっという間にやってきた。

数多の移界シャトルが行きかう、万魔京屈指の発着場。彼方自らが手配した患者搬送用の屋形船から降りたつ、花柳院永遠——もとい、花柳院カナタ。

聞いていたよりずっと病状はいいようだ。最初はクロの手を借りてふらついていたが、やがてすっと姿勢を正す。そして敷地内に備えつけられたテラスで待っていた黒楼と彼方に、頭をさげる。

……さすがは双子。瓜二《うりふた》つだ。

永遠は桜色の艶やかな着物をまとっており、腰まで垂れた長い髪を金色の紐《ひも》で軽く結っていた。事前に知っていなければ若い娘だと思い疑いすらしなかったろう。彼方の男装も見事なものだったが、兄のほうはそれ以上かもしれない。

完璧な乙女。誰からも愛されるであろう、理想の『カナタ』だ。

「お兄様、おひさしぶりでございます」

「ちょっ……。やばくないですか!? なんですかこの完成度！」

「そういえば主がこの姿を見るのははじめてだったな。ぶっちゃけた話、どっかの誰かさんよりよっぽど可憐で良家のお嬢様らしいぞ」

自分に成りかわった兄を見て、誰よりも興奮しているのが彼方だった。ブツブツと「鼻血出そう」だとか「なにかに目覚めそう」だとか呟いている。

一方の黒楼は慇懃な笑みで礼を返しつつも、わずかに身を引いてふたりから距離を置いていた。本能的に感じとったのだ。

目の前にいる美しい『カナタ』が、自らの脅威となりうることを。

「黒楼様のことは兄からの便りでわたくしも存じあげております。百鬼夜廻組配属の際もお世話になったと聞き、ぜひ一度お礼を申しあげたいと考えておりました。本当にありがとうございます」

「私のほうこそ、トワ殿が敬愛する妹君に会えて嬉しい。兄の身を預かるものとして、できることがあればなんでもするから遠慮なくいってくれ」

黒楼はやんわりと社交辞令を返す。

永遠はさりげなく近づき、そっと囁いた。
『では——節度ある振る舞いを』
相手を見返す。
そして、自らの直感が正しいことを理解した。
『お前は、俺のことが嫌いなようだな』
『お互い様でしょう。あなたは最初にぼくを見たとき、なにを考えました？』
なるほど。優秀な兄というのは本当らしい。
ふたりで小声で囁きあっていると、彼方がてこてこと寄ってきて、
「ではカナタの下宿先にご案内しますね。……どうしました？　黒楼」
「いや。兄妹《きょうだい》、仲睦《むつ》まじいものだと感心していただけさ」
そうですね。と、彼方は返す。
眩《まばゆ》いばかりの、幸せそうな笑顔。

お前にとっての一番の願いは、兄の病気を治すことだ。
立派な隊士になることはそのための近道で。自らの生きる道を探すという目標もまた、そのついででしかない。いつだって最優先は愛する『永遠』だ。

だから俺は、お前の幸せを願い、兄を助けるために手を貸すだろう。
たとえそれで一番に、なれなくなったとしても。
わかっている。
ゆえに考えるべきではない。

目の前にいるこの男が、いなくなれば。
彼方はきっと俺だけに微笑んでくれるのだと。
そんなことは。

この作品は書き下ろしです。

〈著者紹介〉
芹沢政信（せりざわ・まさのぶ）
群馬県出身。第9回MF文庫Jライトノベル新人賞にて優秀賞を受賞し、『ストライプ・ザ・パンツァー』でデビュー。小説投稿サイト「NOVEL DAYS」で開催された、講談社NOVEL DAYSリデビュー小説賞に投稿した『絶対小説』にてリデビューを果たす。

鬼《き》皇《おう》の秘《ひ》め若《わか》

2025年3月14日　第1刷発行　　定価はカバーに表示してあります

著者…………芹沢政信《せりざわまさのぶ》

発行者…………篠木和久
発行所…………株式会社 講談社
〒112-8001 東京都文京区音羽2-12-21
編集03-5395-3510
販売03-5395-5817
業務03-5395-3615

KODANSHA

本文データ制作…………講談社デジタル製作
印刷…………株式会社ＫＰＳプロダクツ
製本…………株式会社国宝社
カバー印刷…………株式会社新藤慶昌堂
装丁フォーマット…………ムシカゴグラフィクス
本文フォーマット…………next door design

ISBN978-4-06-538962-1　N.D.C.913　278p　15cm

芹沢政信

天狗と狐、父になる

イラスト
伊東七つ生

「僕たち、結婚するべきじゃないかな」仇敵《きゅうてき》の霊狐《れいこ》が食後のリビングで告げる。天狗・黒舞戒《コクブカイ》はふかふかのソファからずり落ちた。

遡《さかのぼ》ること1年前。あやかしとして富と力を奪い続けてきた天狗は変わらない自分に飽き飽きしていた。600年の間に、人は山を拓きビルを立てたというのに――。一念発起し、ボロボロの社から山を下りた黒舞戒に待ち受ける試練は、宿敵と人間の赤子を育てること！

講談社
タイガ

芹沢政信

絶対小説

イラスト
alma

伝説の文豪が遺《のこ》した原稿〈絶対小説〉。それを手にした者には比類なき文才が与えられる。新人作家・兎谷三為《うさぎだにみつなり》にそんな都市伝説を教えた先輩は忽然《こつぜん》と姿を消した。兄と原稿の行方を探すことに誘われた兎谷は、秘密結社に狙われて常識はずれの冒険に巻き込まれる。絶対小説とは何なのか、愛があっても傑作は書けないのか――。これは物語を愛するしかない僕とあなたの物語だ。

講談社
タイガ

帝室宮殿の見習い女官シリーズ

小田菜摘

帝室宮殿の見習い女官
見合い回避で恋を知る!?

イラスト
青井 秋

「お母さんは、私の幸せなんて望んでいない」父を亡くし、編入した華族女学校を卒業した海棠妃奈子《かいとうひなこ》は、見合いを逃れる術《すべ》を探していた。無能な娘は母の勧める良縁――子供までいる三十も年上の中年男に嫁ぐしかないという。絶望した妃奈子は大叔母の「女官になってみたらどうや」という言葉に救われ、宮中女官採用試験を受ける。晴れて母から離れ、宮殿勤めの日々がはじまる。

講談社タイガ

友麻 碧

水無月家の許嫁

十六歳の誕生日、本家の当主が迎えに来ました。

イラスト
花邑まい

水《み》無《な》月《づき》六花《りっか》は、最愛の父が死に際に残したひと言に生きる理由を見失う。だが十六歳の誕生日、本家当主と名乗る青年が現れると、〝許嫁《いいなずけ》〟の六花を迎えに来たと告げた。「僕はこんな、血の因縁《いんねん》でがんじがらめの婚姻であっても、恋はできると思っています」。彼の言葉に、六花はかすかな希望を見出す——。天女の末裔《まつえい》・水無月家。特殊な一族の宿命を背負い、二人は本当の恋を始める。

講談社タイガ

友麻 碧

水無月家《みなづきけ》の許嫁《いいなずけ》2
輝夜姫《かぐやひめ》の恋煩《こいわずら》い

イラスト
花邑まい

水無月六花《みなづきりっか》が本家で暮らすようになって二ヵ月。初夏の風が吹く嵐山での穏やかな日々に心を癒《い》やしていく中で、六花は孤独から救い出してくれた許嫁《いいなずけ》の文也《ふみや》への恋心を募らせていた。だがある晩、文也の心は違うようだと気づいてしまい——。いずれ結婚する二人の、ままならない恋心。花嫁修行に幼馴染みの来訪、互いの両親の知られざる過去も明かされる中で、六花の身に危機が迫る。

講談社
タイガ

遠藤 遼

平安姫君の随筆がかり　一
清少納言と今めかしき中宮

イラスト
シライシユウコ

「後宮《こうきゅう》って本当に面倒くさい」宮仕えに馴染《なじ》めぬ清少納言《せいしょうなごん》。だが衆人環視の中で突如現れた仏像事件など、宮中はいとをかしな謎があふれる場所だった。清少納言はそりの合わない助手・紫式部《むらさきしきぶ》とともに持ち前の機知で次々解決、その謎解きばなしを孤独に耐える后《きさき》・中宮定子《ちゅうぐうていし》へお聞かせすることに。身分の上下を超えて始まる心の交流。ところがなぜか権力者・藤原道長《ふじわらのみちなが》が邪魔をして⁉

講談社
タイガ

遠藤 遼

平安姫君の随筆がかり　二

清少納言と恋多き女房

イラスト
シライシユウコ

主上の寵愛《ちょうあい》を一身に受けよという親兄弟の重圧で、孤独に耐える后《きさき》・定子《ていし》が望んだのは「清少納言《せいしょうなごん》が揺さぶられた世界の文章を見せて」。その願いに応《こた》えたいと彼女は後宮《こうきゅう》のしきたりを無視して、大好きな姫様を笑顔にできる謎物語集めに大暴れ。そこへ恋に奔放な女房・和泉式部《いずみしきぶ》も加わり、差出人不明の恋文の謎に挑む。だが和泉式部の暴走で藤原道長《ふじわらのみちなが》が激怒、清少納言に流刑の危機が!?